# 反貞女大學

三島由紀夫

MISHIMA YUKIO

劉子倩 譯

# 目次

## 反貞女大學

## 第一性

〈各論〉

# 反貞女大學

# 第一講　通姦學

在新憲法下，有夫之婦即使外遇也不觸犯法律。這年頭即便犯法，能夠輕鬆賺得大把鈔票的人還是照樣備受尊敬，更何況是不犯法的事，自然該大做特做。而我的講義，首先，就想告訴讀者諸姐，所謂的「反貞女」是什麼，又該具備何種條件。

若只是一夜情或偶爾偷吃，不需要這種講義。儘管放心大膽去找樂子。我是覺得既然要「通姦」就該做到最頂級，才會起意陳述這些有違善良風俗的觀點。

首先，妳若打算在不久的將來，成爲有夫之婦、大搞通姦，打從挑選結婚對象時，便要有新的觀念。

第一，別去想先戀愛再結婚那種老掉牙的玩意，應該把利害衡量清楚，結一椿最精打細算的婚事，等到完全了解男人肉體與女人肉體的奧妙後，未來必須有設定「轟轟烈烈戀愛、轟轟烈烈通姦」的覺悟。「等婚後再慢慢談情說愛」的人生觀固然重要，但是千萬別在婚後和自己的老公談什麼戀愛。那等於上山打虎反遭虎噬。

話說，選擇丈夫時，切記不可選帥哥。應該盡量選擇外貌魁偉，而且絕非搞笑小丑，要威風堂堂、遲鈍、權勢欲很強，因此生活力也強、完全不懂女人心思的那種男人。爲什麼呢？因爲英俊的小白臉無論到了三十歲或四十歲，比起扮演「戴綠帽的男人」更想扮演睡別人老婆的角色，到時候妳想演的角色會被他搶走。

妳選的丈夫，絕不可是溫柔、親切、貼心的男人。明知妻子是去會情郎，還每晚痴等妻子歸來，一旦下雨，甚至拿雨傘去公車站迎接，見公車已是末班車可妻子仍未歸來，便獨自把臉藏在傘下哭泣……好了，終於接到歸來的妻子，當下大喜過望，居然還說：

「肩膀會不會酸？我幫妳按摩吧？」

這是令人難以置信的眞實故事，有這種老公還外遇的女人，只是在欺負弱小。

妳選的丈夫，必須是健康、從不生病、很有男子氣概的人。若是有個病懨懨或不能人道的丈夫，通姦的妻子就像被貧窮逼得去扒竊的可悲故事，或許能博得世人的同情，卻沒資格扮演轟轟烈烈通姦的女主角。像女人一樣哭哭啼啼，只顧在意世人眼光的軟弱丈夫，也沒資格扮演眞正的戴綠帽男人。

最後，最重要的，是要選一個愛妳的丈夫。丈夫如果壓根不愛妳，只看上妳的財產，妳的通姦將徒勞而終，不僅如此，反而會被當成離婚的好藉口，被丈夫狠狠榨取大筆的離婚贍養費。

不過，問題在於愛的方式，此人絕對不能用妳少女時代夢想的那種方式來愛妳。這種事，只要稍微敏感的人，應該三言兩語就明白吧。

在這世上，有些人會讓妳覺得，光是想像此人脫口說出「我愛妳」，便有說不出的不自在。就像狗如果喵喵叫一樣奇怪。這樣的男人，和浪漫情懷一點也不搭調。而且或許是想打扮得瀟灑一點來掩飾，結果不是鼻毛露出來，就是有口臭。選丈夫就該選這種人。

而且他那種愛的方式，完全在狀況外，很瘋狂，衝動起來不知會做什麼。這是最理想的。讓他巴著妳的膝蓋，哀求著只要妳肯嫁他什麼都願意做，然後妳只要裝作不情不願地在父母強迫下，勉強結婚就行了。

一旦結婚，這種男人在性生活方面粗線條到不可思議的地步，絕對不會鑽研婦女雜誌的附錄文章試圖取悅妳。

就這樣，引導妳走向大通姦劇的結婚條件已經齊備。

接下來，挑選情人很重要。

講到這裡，有問題的人請舉手。

什麼？

妳說「通姦並非那麼有計畫的行為。只是一時鬼迷心竅，變得熱情如火。就算深愛丈夫，有時也會不小心昏了頭出軌」？

那倒也是。說的對極了。那種事不證自明，任何小說、任何電視劇都是那樣寫的。

但是我的講義目的，是針對「理想的通姦」測試妳們的決心。妳若想當搖擺不定的半貞女、半不貞女，當然也可以，但我認爲，若是徹底覺醒的女性，應該可以成爲眞正亮眼的浪漫情罪女主角，所以才絲絲縷縷陳述這些條件。

就像邀請客人來喝茶時，一早就得仔細準備，妳的人生若要實現完美的通姦，也必須自十六、七歲便開始綿密計畫。我不希望妳們搞砸。

——好了，看來沒別的問題了，那我們繼續往下說。

對於第一項敘述的男人，如果妳能稱職地扮演他的妻子，這種男人的生活能力非常強，所以妳應該不會吃什麼苦。但是，妳若想嘗試通姦，就不可害怕生小孩。

也不可有那種狹隘的脾性，只知養育小孩，百般溺愛，全心投入對孩子的關愛。

當然想怎麼寵愛小孩都行，但對那之後的人生虛無，必須隨時保持清醒。

這點很重要，嘗到情愛滋味的有夫之婦，必須流露出眼睛茫然朝空中某一點搜尋的風情。那是一種凝望空無一物的藍天，期待黑色直昇機以可怕的聲音打破寧靜的眼神……

不管妳在物質上得到多好的待遇，都不能有絲毫感謝，必須隨時心懷不滿。而且那種不滿不可嘮嘮叨叨向丈夫發洩。對丈夫發牢騷之舉，就算談不上愛丈夫，至少表示妳在內心深處還是依賴丈夫。

妳必須像貓一樣不知感激，把得到的視爲理所當然，而且要隨時表現出期待更多的樣子。這是半吊子的濫好人很難做到的。丈夫偶爾心血來潮買個便宜的耳環給妳，就「哎呀，好高興！」老實流露喜悅的話，妳沒資格談眞正的「人妻之戀」。

妳總是在精神上不幸，即便拎著購物袋，拽著小孩的手出門買蘿蔔，在第三者看來，也要散發出「這種俗世的工作，不適合她，她自己也知道不適合」的印象。像那種愛吃烤地瓜而且一買就買個三、四公斤，也不分給小孩就自己狼吞虎嚥的舉動，絕對不能做。

幽默的應對，以及開朗快活的態度一律禁止。必須不斷做出牙痛的表情。

妳必須對讀書與現實事物一概裝作不懂，只愛看夢幻的東西。只要經常那樣做，妳就會越來越美，最後終於像是「戀愛中的人妻」。

丈夫被妳那種曖昧不清的態度激怒，有時或許會甩妳一巴掌，那種時候，千萬不可大肆挑釁，也不能憤然跑回娘家，妳必須落寞一笑，貫徹不抵抗主義。於是丈夫應該會很擔心，帶妳去醫院照X光——當然，眞的照出陰影就麻煩了。爲了妳今後的快樂，首先，妳必須看似楚楚可憐，實則具備強悍的體力。

現在，時機已漸漸成熟。妳「不幸」的魅力，無意間流露的魅力，猶如掛在傍晚枝頭上過熟水果的魅力，終於越來越道地了。「情人」已站在妳的門外。是什麼樣的「情人」呢？

通姦對象，是哪一種男人？

與有夫之婦談戀愛還引以爲傲的青年，到處都有。

我希望世間的有夫之婦明白，妳的外遇對象有百分之九十九都是以玩玩一夜情爲目的。這點，我就從男性心理方面毫不客氣地做個分析吧。

第一，大部分青年，都憧憬與有夫之婦偷情。那被視爲一樁浪漫韻事，想必充滿祕密與刺激，最重要的是，所有小說及電影中，通姦的男人一律都是年輕的美男子，這點最能讓自戀狂得到滿足。

實際並不盡然如此，常在週刊看到騙婚前科三十次的男人照片，相貌之醜陋簡直令人瞠目。撇開那個不說，通姦的男人就角色本身而言，純粹是帥哥的角色，是男明星亞蘭德倫及已故的傑哈菲利普（Gérard Philipe）飾演的角色，因此肯定人人都想扮演。

第二，比起找小姑娘，與熟知性愛滋味的女人在一起有種特殊的樂趣。

第三，和小姑娘玩要花錢，但和有夫之婦玩，不僅不花錢，順利的話女方還會掏錢買各種東西贈送。

第四，與小姑娘玩有立刻遭到逼婚之虞，但玩有夫之婦就不用擔心這個。

第五，即使有了小孩，對方若是小姑娘會被追究責任，但是有夫之婦毋寧會主動自行私下處理掉。

第六，小姑娘只要長得有點姿色就會洋洋得意，很難纏，而有夫之婦即便相當美麗，也懂得適當地奉承男人。

諸如以上等等，就年輕男人對性愛的盤算看來，有夫之婦的優點真是數也數不盡。不僅是性方面的優點，也有精神上的好處。年輕男人在社會上被前輩壓得抬不起頭，總是對年長、有社會地位的男人暗懷自卑感，但是如果成為有夫之婦的情人，他可以憑藉青春肉體的力量，悄悄蔑視社會地位較優越的對方丈夫，品嘗到無上快樂。完全彌補他的社會自卑感。

打算通姦一下的女性，首先，必須認清自己是否在這種狀況下成為對方眼中「美味的獵物」。如果連這些都沒考慮，只因自己稍微年長，就自卑地以為「反正我是個老太婆」，打從一開始就不戰而降，什麼都聽對方擺布的話，實乃下下之策。

這年頭的青年，即便看似純情，別眞的掉以輕心把他們當成「小弟弟」，殊不知人家心裡可是清清楚楚打著上述的盤算。

不過，青年這種生物不可思議之處，就是他們無論再怎麼充滿盤算與野心，還是會情不自禁做出違反本心的行動，就像小說《紅與黑》[1]的男主角朱利安，本來只差一步即可成就野心，卻敗在自己的熱情之下，射殺了雷納爾夫人。

因此，作爲通姦學的基本，或許比起脫離時代的浪漫派詩人，妳該愛朱利安那種充滿盤算與野心的青年更爲明智。

虛有其表的純情派與浪漫派，一旦到了緊要關頭只會懦弱逃避，妳若是什麼也不求的氣氛派，找那樣的對象也行，但妳現在是眞格打算實行眞正的通姦。妳該不會以爲通姦只是一起看完電影後，牽著小手一邊嘆息一邊漫步公園，被蚊子叮咬還暗自竊喜吧？

「我愛你愛得要命。但你一根指頭都不能碰我喔。否則，你會被我丈夫殺掉。」

當妳能夠坦然說出這種台詞時，妳才能夠眞正得到通姦對象。半吊子的年輕人，只追求性欲上的享樂，光聽到這句話就會臉色發青。當然是因爲知道妳那強悍、瘋狂、野蠻的丈夫搞不好眞的會那樣做。

但是，充滿盤算與野心的青年，在這種時候，反而會重新變回眞正的青

1　《紅與黑》爲法國作家斯湯達爾（Stendhal）的小說，內容描述一位有野心的青年與元帥夫人外遇的故事。

年——敢爲刺激與冒險獻身的青年。哪怕只是瞬間，

「爲了妳，被殺也無妨。」

當青年這麼想時，眞正的通姦開始了。妳跨出了一步。然後是無法公諸於世的肉體快樂，這種人生最嚴肅的快樂開始了。社會再也不會站在妳這邊。

不可戀愛！

一旦戀愛會有可怕的下場！

一旦戀愛就有人非死不可！

這是通姦的精華，那種被大家祝福的愛情，與此相較不過是一灘溫水。這種恐怖，也正是愛情的絕妙滋味，所以千百年來，在文學與戲劇中，通姦才會一直扮演愛情的代表。

正因如此，我說首先妳的丈夫必須夠強悍，就是基於這個意味。得知妳與青年陷入畸戀時，能夠不顧社會眼光，抓起武士刀或手槍就把你們一刀兩斷的男人，才是頂頂重要的人物，如果沒有這樣的男人，所謂的通姦，只不過是跑了氣的蘇打水。

不過話說回來，社會地位越高的男人就越膽小，即便知道妻子不貞，多半會試圖巧妙解決，以免被世人發現。此舉，即使用「因爲愛妳才這樣做」當藉口也絕對免談，愛一個不貞的妻子最有男子氣概的愛法，就是殺死她。

充滿嚴肅、糾纏不清的純粹人性，正是通姦眞正的美感。女人愛上青年，把丈夫、小孩、金錢、和平通通捨棄，青年也愛上女人不惜拋棄生命，這時丈夫唯一的念頭就是殺死二人……

或許各位會說這種想法太浪漫，但是愛上一個人，也就等於逸脫社會規範，必須孤軍奮戰，通姦的意義就在於此。換言之，通姦是戀愛對社會最純粹的公式。即便是受到社會尊敬的丈夫，一旦被捲入這場戲，也不得不拋開社會規範變成殺人犯。丈夫、妻子及青年，都得斷然背離社會的同情。

把戀愛朦朧想像成美好、愉悅的人，其實很天眞，指望世人的同情與支持。

通姦學的結論如下——

「在現代，眞正的通姦百分之九十九是不可能的。但是，當它有可能時，它將是所有戀愛中的至高至美。」

為此，必須滿足我提出的所有條件，但是到頭來最困難的，想必是找到那種理想的、有男子氣概的戴綠帽丈夫。如此看來，女性心目中永遠的男性，或許是遲鈍、少根筋、以瘋狂的愛情愛著女人、一旦遭到背叛不惜殺人的男人。

現代的戀愛，就像溫水中的金魚，嘴巴開開合合瀕臨死亡。那雖非「被期待的人性肖像」，但通情達理的民主社會，描繪出「被期待的戀愛肖像」，努力試圖誘導年輕人。那是對社會無害、毋寧很有用的戀愛……

但是所謂的戀愛，如果不與社會正面衝突，就不算是眞正的戀愛，如果不被那個時代的社會視為有害，就沒有戀愛的資格。唯有這時，戀愛才算是對文化有所貢獻。

劇作家福田恆存[2]寫的《撫摸龍的男人》這齣戲裡，青年愛上某位太太，看到那位太太與丈夫接吻很是氣憤，

「妳不貞潔。是的，這分明是不貞。妳與妳的丈夫私通！背著我私通！教我怎麼相信妳？這樣子，誰知道妳私底下和那個人做了什麼。」

青年吶喊這段愉快的台詞。現代的悖論竟至如此地步。

——實際上，妳若沒把握完全符合前述的通姦條件，或許和妳的丈夫「通

姦」殊爲明智。現代男性，老實講，既不是「情人」也不是「戴綠帽男」，大多是還算識相的男人，所以妳的丈夫想必也是如此。

夫妻倆瞞著旁人偶爾去泡溫泉，在住宿登記簿隨便寫上「竹本口木與妻子鈍子」，看起來完全不像妻子似地躲在丈夫背後偷偷進房間，神經質地關緊所有窗子，等女服務生一走立刻死命擁抱熱情接吻。……一切都依此要領過個一兩天，甚至讓旅館掌櫃憂心你倆是否已服毒殉情，若能做到如此巧妙的地步，不僅可明白戀愛的精髓，夫妻也會更恩愛，或許可收一石二鳥之效。

2 福田恆存（1912-1994），日本劇作家、翻譯家。

# 第二講　輕蔑學

之前碧姬芭杜主演的《輕蔑》這部電影上映，此片描述妻子忽然無來由地對丈夫感到輕蔑。即便在日本，表面看似平凡夫妻，實則妻子內心對丈夫深感輕蔑，並且終生輕蔑丈夫的例子並不少。

輕蔑這種感情，其實是相當爽快的感情，看到血統優秀的賽馬與一般劣馬錯身而過，倏然豎起鬃毛刻意示威時，不禁會想像，原來動物也有這種颯爽的輕蔑感啊。

既然在這社會有生存競爭，強大的動物輕蔑弱小的動物，美麗的動物輕蔑醜陋的動物，勝者輕蔑敗者，有才能者輕蔑無才者都是理所當然，那就像鳥的瞬間拍翅，是一陣吹拂心頭的清風，它會讓美麗的更美麗，讓強者看起來更颯爽。但輕蔑感若是只針對與自己共度晨昏的男人，細細燃燒火燄，就這樣持續幾十年至死方休，那可就不是好玩的了，首先，就讓人毛骨悚然。

輕蔑感之美，只在勝負分明的瞬間，勝者倏然以輕蔑的眼神俯視對手，一邊揚長而去，是乃正常。

與自己輕蔑的對象就這樣拖拖拉拉糾纏不清地繼續生活，用輕蔑對象掙來的錢吃一日三餐，這算是哪一回事？有趣的是，我很少聽說妻子打從心底輕蔑丈夫的夫妻會離婚。同樣有趣的是，這樣的夫妻，丈夫多半心胸寬大，衷心愛著那樣的妻子。

輕蔑健全的形式，本該是拿自己擁有的能力，與對方的能力相較後加以輕蔑，但落到女性身上，卻是用非屬自己能力的東西當盾牌去輕蔑對方。

有一次，一對年輕的新婚夫妻來我家寒暄，在那一個小時之內，幾乎有五十分鐘，都成了那個年輕漂亮的妻子炫耀娘家父親的獨角戲，令我大吃一驚。她的父親是有名的大歌星，而她的丈夫，是不怎麼起眼的新進歌手。當著丈夫面前，只顧著炫耀當大歌星的父親，可見在她的心中，早已萌生女性特有的對丈夫「慢性輕蔑症」的徵兆。

說不定，對丈夫的輕蔑，是母愛的另一種表現。這是最可愛、最溫和的輕蔑。

「阿狸，在客人面前怎麼可以那麼沒規矩。這人眞是的，居然毫不客氣地把煙灰撢到地毯上。眞拿他沒辦法。你瞧這個人，這樣翻身仰臥時，怎麼看都像狸貓吧？在外面就算講話再了不起，回到家裡也不過如此。阿狸，你回話呀？」

——但輕蔑不見得總是以這種令人會心一笑的形式表達。

也有妻子喜歡在外人面前暴露丈夫的缺點，一下子列舉出數十條罪狀，也不管聽眾有多無聊，只顧著發表演說。

「田中這人眞是的，吃完飯，一定會舔兩三根手指，說：『啊呀，眞好吃。』當然，那樣總比抱怨飯菜難吃要好一些，但我看了，總是不禁悲從中來。一定是他小時候父母沒教好吧。果然，家教還是很重要的。像那樣，辛苦把他拉拔長大，雖然挺値得同情，但辛苦若有成果，本該稍微出人頭地也好，結果卻只留下舔指頭的習慣。」

到此地步越來越毒舌了。

既然丈夫那麼沒出息，不如乾脆離婚算了，但她卻打算在接下來的數十年，直到可悲的犧牲品斷氣爲止，都要盡可能輕蔑到底。

戰後就算是相親，也注重當事人的意願，所以等於是速成的戀愛結婚，但戰前在父母安排下的相親結婚，通常在個性上嚴重不合。對此，女人多半不會離婚，而是以輕蔑代之。輕蔑到了極致，厲害的女人甚至會生出任誰都能一眼看出父親另有其人的小孩，坦然塞給丈夫，讓丈夫說：「嗯，寶寶的眼睛跟我一模一樣。」自己卻在心裡冷笑。

早自戰前，東京山手區的高級知識分子之間，便流行替女兒挑一個來自鄉下、成績優秀、將來有望入閣當大臣的丈夫。

無論過去或現在，相貌英俊、身材高挑、運動萬能、有都會品味、而且成績優秀的人寥寥無幾，因此女兒也難得抽中這樣的上上籤。撇開別的不談，成績優秀又身體健康的丈夫，十之八九都不英俊且身材矮小，說到運動只知鄉下角力，越想裝成都市人就越露出馬腳。

而女孩子這邊多半是自東京一流的女校畢業，無論什麼都喜歡洋玩意，還瞞著父母偷偷去學跳舞，法國文學也大致都看過翻譯本，對美術及戲劇也有興趣，鋼琴也會一點，運動也自己來。

這樣的新郎新娘一旦步上紅毯，會被誇獎爲理想的郎才女貌，其實再也沒有比他們更不合的搭檔，十幾二十年後，隔閡只會越來越深。但是戰前保守派、忌憚社會眼光的太太，到頭來只能倚仗「輕蔑」這最後唯一的武器。

這種貞女的特徵，是在表面上以丈夫的崇高地位爲傲，心裡卻瞧不起丈夫，會對丈夫的部下耀武揚威，極盡可能地利用丈夫的特權。

例如差使公司的司機送自己去野餐。把丈夫有人脈的地方悉數利用，凡是丈夫名片可以讓眾人鞠躬哈腰的地方都想去。例如丈夫是遊樂園的高級主管，於是她帶著一群自家小孩的同學，三天兩頭去遊樂園，哪怕是坐旋轉咖啡杯，也只是爲了炫耀：

「哎呀，這個咖啡杯，轉得太慢了。油漆也剝落了。這樣在客人面前多丟臉啊。我得趕緊去告訴管理事務所。」

偏偏這種太太一旦在閨中密友面前就會拼命說丈夫的壞話。這種挑選密友的方式，堪稱是她聰明或愚笨的分界點。

我所認識的某位太太，在丈夫腦溢血性命垂危時，卻去參加奧運的閉幕典禮，此舉堪稱輕蔑學的最高段。

丈夫的死固然是一生一次的大事，奧運閉幕典禮也是一生一次的大事。她想必很冷靜地考量過這二者。首先，奧運閉幕典禮的門票極難入手，而丈夫這邊，早在幾十年前，她已輕鬆把人弄到手，之後，只會漸漸耗損。第二，如果這次錯過奧運，據說恐怕要再過一百年才會再輪到東京主辦，錯過今晚再無機會，而且丈夫又不一定會死，到最後，說不定還是苟延殘喘，甚至落得半身不遂還得讓自己照顧他十年。既然如此，不管怎樣，都是去看奧運比較划算。

秋天漸暗的晴空，緩緩籠罩陰影降下的萬國旗，一邊扭動一邊漸漸消失的聖火。定睛凝視著那些，她心裡想的，八成只有自己。自己消逝的青春之火。吹熄火燄的，就是那醜陋、活該被輕蔑的少根筋丈夫。……但是，幸好自己趕來了。

活著，是何等美好啊……

美國也有這樣的故事，據說音樂劇《窈窕淑女》初次公演大受好評，導致一票難求，只能買半年後甚至一年後的票慢慢等候。因此，好不容易弄到票，當天通常會排除萬難去劇場，照理說應該座無虛席，某日，去了一看，旁邊有個空位子，令人很好奇。終於等到中場休息，不禁向空位子另一頭的高雅老婦人問道：

「這不知是誰？拿到票居然笨得不來看戲。」

老婦人和顏悅色地說：

「其實，那是我丈夫的位子。」

「啊，眞是不好意思。不過妳先生爲何沒有來？」

「噢，他三天前死了。」

「哎呀，請節哀順變。不過您可以把這張票給親戚……」

「因爲親戚今晚都去參加我丈夫的喪禮了。」

「？？」

即便是五十歲左右、已成為社會名流的丈夫，喝湯時，也有人會像吸麵條一樣發出稀哩呼嚕的聲音。

做太太的多半會輕蔑地表示討厭死了，但若真的討厭，忠告丈夫讓他改正就行了，暗懷輕蔑卻放任不管，除了以下諸理由別無其他。

（一）我已失去教育丈夫的熱情。

（二）我已習慣了，但實在有礙社會觀瞻。

（三）我害怕當面忠告丈夫。

（四）丈夫發出聲音喝湯，並非我的責任，這點我希望世人稍有了解。我可是很洗練的，和丈夫是不一樣的人。

（五）丈夫一點也不聽我的，這點，藉由他喝湯的聲音，向世人宣傳一下也好。

——仔細吟味便可明白，這五項，都是弱者的論調。（一）表明的不是喪失的熱情而是輕蔑。（二）是默認自己害怕社會眼光。（三）表露對丈夫的敬畏。（四）小家子氣地堅守自己的立場。（五）是逃避自己的責任。如此看來，她們對丈夫頑強輕蔑的底層，與其說是矜持，毋寧意外隱藏著某種自我輕蔑。

而且她們認定把自己逼到這種自我輕蔑的地步，絕不是自己的錯，都是丈夫不好，因此越發埋怨丈夫，私底下肆意輕蔑。說穿了，這就像小學生背地裡偷偷替可怕的老師取個豬頭或潮濕蟲之類的綽號加以輕蔑，是同樣的心理。

而丈夫，那個無藥可救的丈夫，長年來一直在沉默中對妻子施加的威壓，正是妻子輕蔑病的原因，一旦去除那種壓力，她們自然會爽快拋開輕蔑，變成充滿母性的、彷彿溫柔保護者的妻子。因此，被妻子輕蔑的丈夫，其實可以視爲自己受到肯定的證據。

戰後，昨日還很了不起的軍人，一下子變成可悲的失業者時，他們的妻子，多半突然變成爽朗大方又勤快的女人，歡歡喜喜地背起背包出門去買芋頭，或是變成黑市小販，扛著黑市米兜售。如此一來，她們不會容許別人輕蔑丈夫。反而會說：

「別看他那樣，其實也有了不起的地方喔。只是沒趕上好時代，眞可憐。」

丈夫變成神經病或廢人時，妻子反倒格外開朗，扛起家計努力工作，面對世人的同情時，妻子更會堅強地表示：

「不，如果不這樣面帶開朗簡直痛苦得活不下去。我是在對自己露出開朗的表情。」

看到這裡也知道，妻子的輕蔑病，多半是因奢華生活與空閒太多太無聊而產生，由於背後的經濟支持來自丈夫，因此多半等於是丈夫努力賺錢反而助長了妻子對他的輕蔑。雖說夫妻就是這樣，但如此實態還是相當可悲。

這年頭，還有衷心尊敬丈夫的妻子嗎？若眞有，首先令人懷疑。

日本傳統的歡場女子，以前首先被教育要尊敬男人，因此即便成了二姨太，也會裝出勝過元配的服務精神，很懂得表現衷心敬意。她們從來不說丈夫的壞話，總是對他的社會地位尊敬有加，丈夫教訓時會恭敬聆聽，並且替丈夫脫襪子，甚至替他綁鞋帶。

但是，這種女人其實在年輕當紅時，才是最擅長背著男客人暗自輕蔑的人。

「那個人，又沒有高鼻樑，居然還戴什麼眼鏡，眞是自不量力。」

「他那種破鑼嗓子若能追到女人，田雞都有自信了。」

她們開心地如此談論。

基於這種輕蔑學的強化訓練，她們遲早會將「僞裝尊敬」的技術徹底學會，成爲抓住男人心的老江湖。如此看來，家庭主婦那種從不換對象的輕蔑，遠遠望塵莫及。輕蔑是女人對男人永遠的批評。

# 第三講　空想學

愛空想的女人，愛幻想的妻子，乍看之下，似乎屬於貞女型。福婁拜的小說《包法利夫人》的女主角雖然通姦，在本質上卻是可愛的女人。

空想起初如漣漪，是從很小的地方引發。

「老公，你不覺得這裡如果掛上草莓圖案的窗簾會很棒？光是那樣，早餐的氣氛就會截然不同。你不覺得就只有咱倆在宛如童話的家裡過著新婚生活的感覺很重要嗎？」

「嗯，說的也是。不過這麼破舊的公寓，就算光在窗簾上費心思也沒用吧。這麼骯髒庸俗的窗簾恰恰好。將來我會替妳蓋一棟氣派的大房子。到時一切由妳。」

「可是，生活都是從小細節變得新鮮。人要有夢想嘛。哪怕是多小的夢想都行。況且，我的要求又不至於造成你的負擔。」

丈夫正趕著出門上班手忙腳亂，當下迅速在內心盤算。草莓窗簾一尺大約要花多少錢？起碼相當於一瓶啤酒吧？不過那種草莓圖案的窗簾，要找到完全符合心意的貨色可不是到處都有得賣。妻子最後找累了，肯定會死心。等她死心時，自己只要說聲眞可惜就沒事了。現在還是不要強烈反對好了……

但是，妻子可不是省油的燈，提出這種要求時，她的心意已決。她甚至知道哪家店的店頭有賣那種東西，是什麼價錢，可以打什麼折扣。而且也知道即便打折後，一尺布也相當於二瓶啤酒……

隔天的早餐，是在小公寓裡透過草莓窗簾射入的晨光中享用。她喜孜孜地說：

「老公，太棒了。掛著這種窗簾，與全世界最愛的人共進早餐是我一直以來的夢想。就連半熟蛋，在這種氣氛下，你不覺得看起來都好浪漫？」

這點開銷，與美麗的愛情相比，根本不算什麼。對月薪一萬五的丈夫而言，爲了如此可愛的嬌妻自然不值一提。

——但人生不會到此結束。今後日子還長。而且人類生活應該進步，向上，不斷發展。

某天，她又開口了。

「老公，咱倆去旅行吧。不必找昂貴的旅館。我朋友父親公司的宿舍，一天只要二百圓就可借給我們。我想和你一起在白樺樹林中欣賞火紅的夕陽。要是能那樣，我死也甘願。」

死也甘願，聽起來是很危險的發言。丈夫當下萌生人道主義的心情。首先，一天二百圓，二個人只要四百就能解決的話，吃的只要自己帶罐頭就能打發，啤酒也可以喝罐裝的將就……

可惜他錯了，旅費絕對不止四百圓。她肯定需要旅行用的衣服與鞋子。既然不住飯店，不可能買不起便宜的衣服與鞋子。她沒有適合漫步白樺林的衣服。目前現有的衣服，多半只適合搭配仙人掌或八角金盤樹，沒有一件是適合白樺的。

「搭配仙人掌的衣服，真的很適合妳。」

她當下眼中冷光一閃。那是她真正的眼神。

「那麼，就穿這個去也行。不過，你得帶我去墨西哥。」

年輕的丈夫不吭氣了。對他來說，漫步白樺林的問題，與購買相稱的新衣服的問題，爲何有如此不相上下的重要性，他實在無法理解。

——好了，搭配白樺服裝的白樺之旅終於實現了。

「太棒了。」

見她一直很高興，丈夫也感到很幸福。不僅如此甚至有點自戀。「我的存在，對妻子來說，原來是浪漫夢想不可欠缺的要素啊。」

——過了幾天，她又開口了。

「老公，冷氣機要多少錢？」

「喂喂，別開玩笑了。」

「傻瓜。這是夢想啦。讓我說說夢想應該沒關係吧？」

然後……

愛好空想的貞女，總是做著生活的美夢。她的空想最大的特徵就是很現實，爲了讓心愛的丈夫與孩子生活得更舒適，盡可能過得奢華點，因此先立下大義名分，被誰問起都不會丟臉。眼下只要說「那是夢想」就行了。

人們常說「犯罪的背後必有女人」，侵占公款、盜用公司錢財的背後，總是躲著這種愛好空想的貞女，報紙上會寫著「其妻×子素來喜歡招搖」。爲了老婆盜用公款，實在愚不可及，如果任由她的空想癖無限膨脹，身爲老好人的丈夫會被逼到無路可走。

草莓窗簾變成白樺林，白樺林變成冷氣機，冷氣機變成轎車，轎車變成擁有美麗客廳的住宅，住宅變成……如此這般永無止境的空想，不見得只是所謂的浪費癖。她的空想是特賣會及清倉拍賣乃至大減價的廣告培養出來的。

我每次去美國，都很期待閱讀紐約時報週日版幾乎重達三、四公斤，足足有幾百頁的報紙，其實不是要閱讀報導內容，是期待看那占了版面百分之九十以上的各種廣告。家具特賣、成衣拍賣、邁阿密及百慕達還有夏威夷度假旅行的特價機票、乃至廉價鑽石的大減價，實在令人驚訝怎麼能想出這麼多刺激人們消費欲的東西。就算再怎麼減價，若把週日版廣告上的東西全買下來，一般小有財富的人恐怕會破產。實際上，在分期付款發達的美國，到死都得按月付款是一般小市民的實態。

這都是喜歡空想的家庭主婦做夢的肥料，分期付款販賣是冷酷的「夢想販售術」。她們爲了家庭經濟，在特賣會買下一大堆不需要的東西。

女人的特徵，大概就是忠實遵從人們的夢想，尤其抵抗不了多數人的意見，比起丈夫的意見，她們總是更尊重世間大多數人的夢想，而且幾乎不肯正視那個「收視率極高的夢想」其實是大企業設下的陷阱。

「我的幸福明明就是我自己的問題。」

的確。但是，妳那種半帶精神官能症的，對幸福夢想永無止境的饑渴，其實是大企業，是外人製造出來的。

吸丈夫的血，讓丈夫精疲力盡，最後害得丈夫早死，這種愛空想的家庭主婦，在美國漫畫中有大量的描寫，因此在此用不著我重述。

我想在空想學談的另有其他，上述災害，全部都來自充滿現代感、特別美麗、年輕、活潑的女人，而且必然是某種「貞女」——我希望讀者特別注意這點。

相反的，她的空想若與丈夫孩子及家庭幸福毫不相干地進行，究竟又會變成怎樣呢？說不定，以前封建時代的遺毒也殺不死的貞女空想，其實內容可怕陰森，對於家庭幸福及富裕生活的夢想根本不屑一顧。開放的女性一旦得以自由談論夢想，一律會變成消費經濟型的貞女，結果害得丈夫早死，不得不說是很諷刺的下場。

「哼，草莓窗簾？別開玩笑了。讓我住這種破公寓的無能老公，哪配得上草莓窗簾。我看還是破麻袋更適合他。那樣很有鄉土工藝的風格不是很好嗎。」

這是她空想的出發點，這樣的她，在本質上並非貞女，因此對家庭幸福壓根不放在心上，早已看破夫妻遲早會分道揚鑣。

丈夫若是偶爾心血來潮，開口邀約：

「喂，要不要去旅行？」

她會立刻橫眉豎眼反對。

「那多浪費啊。先不說別的，就算夫妻一起去旅行也毫無意義吧。太可笑了。隨你愛帶哪個野女人去泡溫泉都行。只要你肯離家一晚，我樂得清閒。」她說。

她絕對不會刺激丈夫讓他過度勤勞。而且她是很了不得的空想家。怎樣的空想呢？

反貞女的空想不費一毛錢。

「啊呀，他若是早點死掉，我不知多輕鬆。派出所前面明明每天都會大張旗鼓地掛出今日車禍死亡人數云云，爲何唯獨我老公永遠活得好好的眞是不公平。如果不趁著我變成老太婆之前重獲自由之身，到時沒人肯要我豈不傷腦筋。

大家都想買汽車，但那是出於什麼盤算呢？讓老公開車，自己在副駕駛座賣弄風騷嘻笑嗎？或者自己開車，讓老公待在副駕駛座，像寵愛的狐狸狗那樣乖乖坐好？不管怎樣這個地球上根本沒有夫妻倆想一起前往的地方，所以其實不需要汽車吧。畢竟，若要與自家老公一起出門，晴朗的天空恐怕也會立刻烏雲籠罩一片灰暗。

什麼冷氣機呀、避暑的，要那種東西幹嘛？天氣熱就讓它熱。白天老公不在家，光是那樣已經很涼快了，一點也不覺得熱。傍晚老公回來了，看到他換上睡衣大搖大擺地盤坐，才會讓人忽然感到悶熱。

總之應該一毛錢也不花，通通存起來以備老公死後所需。屆時如果生活困苦，豈不是賠了夫人又折兵。

唉，雖然現在過著這種生活，但總有一天我一定會在街角撞上某個男人，他會有點驚訝地看著我的臉，然後一見鍾情，熱烈地愛上我，把我強行帶走。那個男人很年輕，身高五尺八寸以上，英氣凜然的瘦臉倏然閃現痛苦，發出低沉誘人的聲音。而且，他的臉上某處有小傷疤，談到打架的事時，表情會有點羞澀。他會津津有味地抽菸，然後朝著菸灰缸，很有男子氣概地，一鼓作氣狠狠把菸捻熄……」

對她而言，每天就是爲此期待而準備的日子，再無其他欲望。她覺得買吸塵器太浪費錢，所以連地毯也拿掃帚仔細打掃，買衣服也太浪費，所以買便宜的布料回來自己裁縫，她的手很靈巧，做什麼都很拿手，丈夫的襪子破了也絕對不會扔掉，甚至伸縮尼龍的料子也縫縫補補，讓丈夫穿出門。

「我們社長專看小地方，所以很可怕。銀行招待去料亭，在走廊上，社長看到我襪子補過，說：

『噢，這年頭還有補得這麼好的襪子眞難得。是誰替你補的？』

我面紅耳赤地說：

『是我內人。』

『嗯，眞是令人佩服。雖未謀面，但你的妻子，是最適合做上班族妻子的理想典範。要克服這種不景氣的時代，有她那樣用心的太太，我才能安心雇用社員，你也能安心爲公司效命。哎，眞是佩服佩服。替我向你太太問好。』

沒想到是這種反應耶。我竟在意想不到的地方給社長留下好印象。」

「是喔。」

她以毫不感動也不感興趣的表情回答。

這是因爲，在她心裡，本想讓丈夫丟臉，沒想到卻造成反效果。她雖然打理丈夫生活上的種種需求，但她自己很清楚這純粹是出於義務，若是義務與愛情無關，她堅信這樣就不會違反自己的信念。

雖然無奈之下買了電視，但她覺得很可笑，幾乎從來不看。她最恨廣告，只看NHK的新聞報導注意世界情勢。她夢想成爲電視裡出現的外國政治首腦的妻子，很嫉妒甘迺迪的遺孀。

「算了，甘迺迪已經死了就原諒他，眞不知那種醜女有哪點好。」

她如此自言自語。她崇拜伊莉莎白女王，拿自己與摩納哥王妃相較，感嘆人家那才是眞正的高雅。漸漸地，她夢想的女性、幻想的女性，離性的魅力越來越遠。那是因爲，該在街角相遇的男人遲遲不見出現，她不願爲痴痴空等浪費化妝品……同時，丈夫拜這種賢內助所賜似乎會長命百歲。

# 第四講　和平學

越南的戰火日漸蔓延，坦白講，無人認爲戰爭是好事。我們也在戰爭吃過虧，縱使沒有直接挨子彈，也嘗過沒東西吃、親子生離死別的遭遇，不可能覺得那是好事。

尤其是小孩被迫當兵的母親，她們的悲嘆想必更加非比尋常。至今，收到紅紙的徵兵令時母親在門口哭泣送行的模樣，仍歷歷如在眼前。不過，我很窩囊，被長官勒令即日返鄉，很快就回家了……

「你講的我才不相信。」讀者諸姐想必會這麼說。但收到徵召令離家時，連我都沒想到會即日返鄉，所以當時的心情在那一刻的確是眞的。那麼，若問我當時看到母親的眼淚是否難過，我覺得好像沒那麼難過。只是覺得管他的，這是命運所以莫可奈何。做兒子的就是這樣，對父母很薄情。

越南的士兵們，似乎也是抱著「管他的」念頭，不情不願地上戰場。

「那麼蠢的事，幹嘛不趕快停止。」

女人異口同聲地說。但是，這世上，蠢事如果一樣也不剩，那恐怕就不是人世了。

我無意在此大談戰爭論或政治論。只是想申明，這世上也有對和平特別熱心的反貞女。

她首先禁止小孩玩打仗遊戲。

「眞不知是誰讓男人愛上醜陋的戰爭。是誰讓他們以爲戰爭很美的？這種毒芽必須趁著孩子還小盡早摘除！」

嚴重近視的她，立刻兩眼緊盯著電視，判斷是電視的不良影響。把暴力趕出電視吧！

那當然也行，但是眞正讓人覺得戰爭很美的力量，是歷史。日本沒有收藏戰爭畫作的美術館所以還好，歐洲到處都有激發國民驕傲的英雄戰爭畫，小孩跟著老師去看那些畫，想必會認爲戰爭是好的。基本上，論及文藝復興時期的戰爭，甚至有人稱之爲「等同藝術品的戰爭」，自希臘以來人類已頌揚戰爭二千年，核爆至今不過短短二十年，世人不可能忽然討厭戰爭。更何況，男孩子都是被當成戰鬥要員養大，這段漫長歷史留下的影子不可能如此輕易消失。

本來戰爭之所以被美化，一方面也是因爲明知它醜陋但戰爭實屬必要，所以不得不美化它。若問我如今戰爭已非必要應該沒有遭到美化之虞？那我必須說：即使不再需要蠟燭我們仍舊喜歡享用燭光晚餐。

接著她的矛頭對準丈夫。

「都是你的教育不好。就算爲了討好孩子，也不該說到禮物就只會買玩具手槍，小孩說不定馬上要變成不良少年了。不僅如此，徵兵制度眼看要在日本復活，萬一小孩被抓去當兵，戰死沙場，那全都是你的好戰教育害的。到時候，我一輩子都不會原諒你。」

「妳這種說法太奇怪了吧。就算小孩被召集去當兵，那也是違反個人意願的事，和因爲我買玩具槍所以自願當兵，是兩回事吧？」

「所以我說你鼠目寸光。即便是你買回來的一支玩具槍，都藏著政府爲了慢慢推動徵兵制復活，刻意誘導小孩的力量，你等於是在助紂爲虐。不，甚至是在煽動。若是和平的事，請交給女人。當母親的女人會團結一致，成立拒買暴力玩具聯盟，那是防止戰爭重要的第一步。」

希臘的劇作家亞里斯多芬尼茲[1]寫的《利西翠妲》這齣喜劇中，爲了讓男人停戰，女人團結起來不讓男人上床，進行性的抵制運動，結果大獲全勝。但那招每次都行得通嗎？

就算女人團結起來不讓丈夫上床，那是否能讓男人停戰，實在值得懷疑。若像古希臘那樣與鄰國打仗，或許管用，但近代的戰爭不同，上戰場本就意味著離開妻子的床鋪。

然而，女人高叫和平，本就在所難免。因爲女人懷孕、生子、養育小孩，無論如何都需要長久保持和平安寧的時間與場所。

（但這也有例外，在美國，雞尾酒會堪稱機智與神經的戰場，肚子大得快撐

---

1 亞里斯多芬尼茲（Aristophanes，約446 BC-386 BC），古希臘喜劇作家。

破的太太坦然出席，咕嘟咕嘟灌下高濃度雞尾酒，是常見的風景。另外，在古羅馬，挺著大肚子趕往距離羅馬六十哩外的競技場觀賞打鬥，當場生下孩子的女人據說多達十五人，這是克勞狄一世皇帝時代的眞人眞事。不過，這都是和平時代的戰場故事。）

懷孕生子及育兒，需要生理上的和平，這點已無議論的餘地，女人宣揚和平論時，雖有身體底層散發出的魄力，同時，正因那是出於女性天職的生理需求，反而缺少說服力。比方說，那就像胖子發表演說極力主張肥胖就是美，對瘦子而言，毫無說服力。

以前的男人，在女人爲了懷孕生子需要和平安靜的場所及營養時，爲了替她們確保這些需求，遂基於夫妻之愛發動戰爭。因爲當男人想得到什麼時，除了打仗不知其他方法。

「你們男人永遠是思想落伍的浪漫派。永遠做著西部電影的美夢。但是熱核武時代的戰爭，已經沒有夢想與英雄式的行動了。那只會讓這個世界完全毀滅。」

這話的確有理。但是陳述這種有理之言的女性，是如何變成反貞女的，正是本講義的著眼點。

她們的論調，全部以這種和平論爲基礎，是無可置疑的正論。這種論調，誰也敵不過。而她們，不可思議地找出這種誰也敵不過的論調，加以頻繁使用。

「那是當然。若是不流血的戰爭，儘管去打。男人的鬥爭本能應該在工作場合好好派上用場。至於酒吧的無聊吵架，或者電車上因撞到肩膀引發的無謂口角，那是不良少年幹的事，不是你這種成熟男人該做的事。別爲無聊瑣事浪費精力，不如專心投入工作戰場。你一定會成功的。你說什麼？《戰記畫報》這本雜誌也在緬懷零式艦上戰鬥機的照片？一把年紀了還惦記那種東西做什麼。不覺得丟臉嗎？喝醉酒時唱的，總是《再會吧拉布爾》[2]、《加藤隼戰鬥隊》[3]這些東西，連公司的N先生都在笑話你。

男人對戰爭的熱愛，必須加以淨化，轉向和平、有益、偉大的目的。若是爲和平而戰，儘管去打。千萬別誤入其他的無聊歧路。更不可對小孩表演武打劇那

2 一九五四年上映的日本戰爭電影。片名來自戰時的流行歌〈拉布爾小曲〉的歌詞。

3 加藤隼戰鬥隊爲太平洋戰爭初期由加藤建夫中校率領的陸軍飛行戰隊，十分活躍。後來拍成電影。

種打打殺殺，造成教育上的不良影響。」

她如此展開「被誰聽到都不會丟臉的議論」。

她受不了「無聊的事」、「愚蠢的事」，因此努力試圖矯正男人的興趣。男人的興趣若能改進，並且除去男人的虛無主義，讓男人更正經，想必就不會再發生戰爭。一切戰爭都是來自男人的不良興趣、虛無主義以及不正經，她們堅信，和平要靠女人的良好興趣、實際主義以及正經來守護。

這種想法對極了。但男人天生就算再怎麼努力也會往歪路走，若是沒有那種麻煩的天性就不是男人了。還有，從頭到腳都興趣良好的男人，多半是女性化的男人，沒有虛無主義的男人，多半是腦袋空空。

這時麻煩來了。她們越是想調教出男人的和平性格，男人就會越虛脫。

男人隱約的虛無主義從何而來？

男人一旦在女人身上種下自己的種子，就等於已完成種族的使命，因此從那一刻起，男人那永久且來歷不明的虛無主義便開始了。

和平論的女性堅決不肯理解這點。她認定虛無主義是有害的，非矯正不可。對她而言，虛無主義等同蟑螂。

虛無主義的相反是什麼？至少她們想的「虛無主義的相反」是什麼？不妨抓住她們其中一人試問。肯定會立刻得到明快的答覆。

「當然是家庭的和平與幸福。努力做個好爸爸、好丈夫，這樣可以打從心底感到滿足，那才是像男人的男人，是虛無主義的相反。」

男人對女人主張的「像男人的男人」這張王牌招架不住。男人多半愛面子，被女人譏爲「娘娘腔的男人」很致命。

於是女人口中「像男人的男人」關注家庭的和平與幸福，週日鞭策疲憊的身體，帶全家人去百貨公司或上館子，而且一點也不認爲那很愚蠢，他會將之視爲人生目標，賣力工作……若是這種類型，會拼命做那種舉動。以此證明自己不是什麼虛無主義者。我可是人生肯定派喔。我是眞正的男人喔……

而女人，不知不覺，單憑那樣已無法滿足。太聽話的老公，還不如養條狗。她的英雄崇拜漸漸強烈表露。既然絕對反戰，因此當然是和平的英雄、能夠輕觸女人琴弦的宗教式英雄受到青睞。像凱薩大帝或拿破崙、阿拉伯的勞倫斯這類熱愛戰爭的英雄會被敬而遠之。

那麼釋迦呢？耶穌呢？

「那些人才是和平的英雄，他們犧牲自我，是爲和平奔走的人類驕傲。男人這種一心一意的姿態才是最美的，結果你看看你呢？年紀輕輕的，就在院子裡澆花沾沾自喜，從報紙剪下電影優待券興沖沖出門，有客人來就邊喝啤酒邊炫耀自家小孩，你這樣也算是男人？如果身上沒有一點英雄、和平英雄的跡象，恐怕無法抓住女人的心喔。」

於是他幡然醒悟，爲了和平，爲了人類，他決心付出一切認眞努力。看看妻子推薦的英雄，釋迦是拋棄家庭皈依佛門的男人，耶穌打從一開始就是抱定獨身主義的浪人。是的，首先就要拋棄家庭。他找到人生的眞理，於是拋棄工作與家庭，就此踏上四處浪遊的旅程。

附帶一提，昨天還是模範家長的中年男人，某日突然消失無蹤的事件，在美國據說不勝枚舉。

好了，老公爲了和平的信念就此覺醒，踏上拯救人類的旅程後，被留下的她，會遠遠地朝著丈夫目帶憧憬，萬分尊敬嗎？別開玩笑了。

「釋迦與耶穌自有史以來，也不過就那麼一個。像我老公那種凡人，就算步入中年後再怎麼模仿，也感召不到任何信徒，最後頂多變成領日薪打零工的工人。憑他那種腕力連粗活兒都做不了。說到他的愚蠢簡直沒完沒了。」

然後她衝進家事法院，要求離家出走的丈夫給付生活費。要不然，就欣然與更有生活能力的男人搞外遇，讓對方以為只是偷吃，實際上卻是把對方拖下水連孩子一起賴上人家。

但有生活力的男人，百分之九十在現代都與獨占資本有關，那種獨占資本主義，照共產黨說來，是戰爭發起者。在和平產業中，替女人做頭髮的美髮師就男性職業而言，目前還算是相當異常，但她若眞的追求和平，與這種男人在一起或許也是個好主意。

她不是「美髮師之夫」[4]而是「美髮師之妻」，無所事事懶散度日，靠著老公從女人身上賺來的錢過生活，換言之可以徹底享受「女人的和平」。

4 以前日本女性都是純家庭主婦，只有美髮師才是職業婦女，因此這種說法指的是被妻子養活、吃軟飯的丈夫。此處為雙關語。

# 第五講　嫉妒學

在這反貞女大學講授「嫉妒」，或許會有讀者諸姐感到不可思議。

本來，嫉妒是貞女對不貞的丈夫產生的情緒，

「我明明就是對的，都是你的錯。」

在根本上有著這樣強烈的正義感。

但是如果反過來想，四處留情的丈夫，往往對妻子也有很深的嫉妒，嫉妒的這方不見得總是貞潔。

不過，女人就算要偷吃也不能光明正大地進行，因此無法對丈夫的出軌做出適當的反擊，內心的鬱悶造成內傷，也因此，她的妒意往往變本加厲。說到嫉妒好像是女人的專利，正是因為這個緣故，說穿了很簡單，嫉妒通常被視為欲求不滿下的遷怒之舉。

換言之她並非打從心底是貞節烈女才會嫉妒。可以推測出一旦確認丈夫拈花惹草，她多半會有以下的複雜心理。

（一）「天啊，太過分了。這是背叛夫妻關係與相互信賴的行爲，所以一定要懲罰他。」

（二）「可是，說不定，是我已失去魅力了？和新婚當時那種瘋狂的熱戀比起來，他愛我的方式的確漸漸公式化了。想到這裡眞教人不甘心又傷感。」

（三）「既然如此，他可以好好跟我說，讓我努力恢復昔日那種魅力就好了嘛。我一定也會爲此下定決心去努力的。但他不告訴我，卻默默投入別的女人懷抱，未免太卑鄙了。他太藐視我了。」

（四）「我是否已在不知不覺中變成老太婆了？」

（五）「這不是所謂無害的出軌，這是對我的侮辱。是公然挑戰。他是惡意想害我顏面盡失，變成世人的笑話。我必須打起精神，好好迎戰。」

（六）「枉費我以前那麼溫柔親切地關愛他，眞是忘恩負義。他簡直豬狗不如。狗起碼還比他懂得感恩。過去每當他深夜歸來，我會去浴室替他擦背，準備熱呼呼的宵夜（不過多半都是泡麵），他把那都當成什麼了。一定在心裡暗自吐舌嘲笑我。天啊，氣死人了。」

（七）「那個人，和野女人睡覺時，也會做他對我做過的事嗎？太噁心了！」

（八）「不，他們應該不至於眞的有肉體關係吧。我想頂多是愛撫。但是愛撫進行到什麼程度呢……天啊，受不了我的想像力。爲何非得連這種細節都去想像呢？唉，我要是個迷迷糊糊欠缺想像力的傻女人該多好啊。我就是因爲太聰明了，才會這麼痛苦。」

（九）「不，說不定他們根本沒有發生肉體關係，只是精神上的出軌。也許一切都是我多心了。……但是，怎麼辦？若是那樣，說不定才是眞正的戀愛，那樣就麻煩了。……唉，若是肉體關係反而比較簡單，那樣我也比較輕鬆……男人一旦得到女人的身體，據說就再也不會放在心上。不過，唯有老婆是例外。」

（十）「你給我記住。女人可是堅守一對一原則的。如果看不起我，小心將來後悔莫及。好！為了還以顏色，我也要立刻出軌，讓你變成世人的笑話。」等等……

——但是據說「必要上的出軌」是最困難的，這是人類心理的鐵則。出軌只有在心如蝴蝶般自由快樂時才會發生，不可能是出於「我一定要出軌」這種正經嚴肅的心情。如果已經起了別的念頭只想著報復，心不可能再像花海上的蝴蝶那樣飄然自得。她已經急了。兩眼發光，磨尖指甲，繃緊全身打算當個厲害的「反貞女」。但要成為真正的「反貞女」必須具備的某種「冷漠的柔和飄逸」，她卻全然欠缺。

完全不嫉妒才有資格當貞女，這是自古以來連人偶劇也演過的，身為覺醒的現代女性，這足以令她們爆發怒火：

「所謂的婦道，只不過是為男人的自私而打造。」

例如《酒屋》[1]這齣人偶戲裡，名叫阿園的女人，現在看來是走火入魔，讓

1《酒屋》是日本人形淨琉璃劇目《艷容女舞衣》的下卷，目前仍有演出。

人覺得應該關進精神病院的超級貞女。她的丈夫半七迷戀三勝這名妓女，其實是有名無實的丈夫，阿園至今仍是處女慘遭冷落，但她毫無怨尤，不惜把自己的衣服拿去典當，籌錢給丈夫吃喝玩樂。

如此徹底奉獻之後，丈夫半七居然只留下一紙遺書，便與三勝殉情了。處女妻子阿園就這樣成爲寡婦，被迫撫養丈夫與三勝生的小孩。

光是那樣也就算了，看了丈夫的遺書，阿園喜極而泣。喜從何來？

「夫妻若是二世緣，來世必再爲夫妻。」

看到這樣的內容，她覺得今生雖然「終究未能同床共枕」，但來世一定會成爲眞正的夫妻，所以喜極而泣。

被人糟蹋得這麼慘，最後還爲了一個死後世界的虛無約定兀自歡喜，說來還眞奇怪。

說不定，這個女人非常精明，一邊僞裝貞節烈女，一邊另有情夫，把礙事的丈夫塞給別的女人讓他們去殉情，看到計畫一切順利進行，很想高興地落淚，可婆婆就在一旁看著，只好利用遺書上的文句，讓婆婆猜想她是爲那個喜極而泣。

這樣簡直是推理小說了。

作者大概是爲了拼命博取觀眾的眼淚，編造出這麼不自然的貞女，不過說她沒有性魅力，婚後一次也沒和她同房的丈夫也很怪。家裡放著現成的寶貝卻不用，未免太浪費了。

雖是古早的故事，但大概是二流作者，才會編出這麼瘋狂的貞女故事。有趣的是，作者也沒有把阿園描寫成理想女性。眞正美麗的女主角是三勝。三勝雖是青樓女子卻很純情，一愛上半七便以至誠相待，甚至獻上生命。

不過，不吃醋到這樣徹底，半七想必也不會滿足，我猜想，說不定這對夫妻之所以沒有肉體關係，是因爲阿園的性格與體質。阿園是個意外聰明的女子，她很清楚自己在肉體上的缺陷，或許是基於自卑感才壓抑妒意，於是爲了守護自己的立場，她只好化身爲「絕對貞女」。這樣解釋的話，這齣荒謬的戲劇，頓時具備了現代劇的意趣。

撇開那個不談，若要從邏輯上探究貞女，能夠無懼於不自然、反人性，以實驗方式表現貞女終極形態，就這點而言，這齣《酒屋》倒是不容小覷的戲劇。絕對不嫉妒，還替丈夫籌錢好讓他去會情人，這若是聖女型貞女的理想形態，其中，隱約閃現著超越性欲，或可稱爲「精神愛」的宗教式愛情的光芒。阿園越傻，她就越近似聖女。當她在那一刻因來世幸福而喜悅，想必也是聖女理所當然的反應。

如此看來，會吃醋的女人，多多少少是反貞女的。因爲嫉妒才是最現世的、感覺的、肉體的、具體的情感。正因爲無法超越情欲，才會產生妒意，若以現今一般看法，將臥房視爲夫妻生活的中心，迥異於阿園這個例子，任何妻子都免不了嫉妒，既成爲夫妻，無論哪種妻子，雖有程度上的差別，但就理論上而言都只能是「反貞女」。

而男人愛的，也只有這種反貞女類型。像那種從來不吃醋的女人，讓人無從去愛，男人只能退避三舍。小孩玩的遊戲器材中有一種用鐵桿組合成的高低槓，那個也是構造本身可以讓人踩著一步一步往高處爬。些許嫉妒，就是替男人設置的這種下腳處。

所謂的貞女，多半在社會上風評不錯，把那種社會名聲當成女人的鎧甲。若以為如今與過去不同，已是性解放的新憲法時代，因此貞女沒有太大價值，那可就大錯特錯了。只要一夫一妻制仍然存在，社會道德感沒有太大的改變，「貞女」這塊招牌，表面上，無論在哪兒都管用。

乍看之下貞女像是孤獨寂寞的女子，其實宛如抗爭隊伍，受到無數紅旗保護。哪怕僅有一人，只要身為貞女，事實上，便是有社會大眾百分之九十九支持的有效團體行動。

不過，貞女抗爭的目的並非為了要求加薪。面對唯一的老公，扛著社會道德對他施壓才是目的。

「我都已經這麼任勞任怨付出了。」

「全世界我一直只在乎你一人。」

這是在家事法院傾訴多年積怨時最基本的台詞。她們在法院絕對不會提及「嫉妒」二字，只會談「權利」。

這下子各位應該懂了吧？「嫉妒」就極為微妙的意味而言，是「女性權利的放棄」。《酒屋》的阿園等於是嚴密維護了女性的權利，就算讓婦女團體為她豎立銅像也不為過。

不過，知識型婦女的腦筋動得快，也更貪心，所以可以的話，最好是「嫉妒」與「女性的權利」二者都能到手。

雖然如此期盼，但知識型婦女感到，這二樣東西，在本質上其實是互不相容的。於是，總得有一方稍微妥協。容易妥協的是「嫉妒」。

就這樣，僞裝得最複雜迂迴的嫉妒開始了。

「老公，好久沒出門了，這個星期天，你也做個像樣的爸爸，帶著小孩一起去遊樂園吧？雖然我知道你大概不喜歡這種家庭氣氛的活動，對吧？」

做丈夫的毛骨悚然，當下不敢老實接話。或者，

「小寶可別像爸爸那樣喔。眞正有女人緣的男人要去見誰時，才不會那麼露骨地心急難耐。小寶長大以後，一定要做個冷靜的男人，變成眞正受女人歡迎的男人喔。」

被這麼一說，丈夫就算是有重要公務，也只好裝出去見女人的表情，噴點香水才出門。

或者，

「老公，你很瞧不起晚上一家人一起看電視吧？你可眞了不起。你是荒野一

匹狼。但是，男人的自由太多，不覺得辛苦嗎？」

到此地步已經諷刺得太過文學了，理工科出身的丈夫根本聽不懂。

——在這種種的毒舌攻擊下，傻丈夫終於忍無可忍，

「夠了吧！妳這樣胡亂吃醋，不嫌太難看嗎？」

只要丈夫脫口說出這種話，她會像就等這句話似地，展開千萬支毒箭攻勢。

「吃醋？拜託你別說傻話了。誰會爲你這種人吃醋啊。你先去照照鏡子，看看那副尊容配不配讓人家吃醋。我是不知道你在外做了什麼，但我可沒淪落到爲你吃醋的地步。

你根本不懂。我啊，只是可憐你。我打從心底替你悲哀。看你像無頭蒼蠅瞎轉，被別人騙了，還自以爲吃得開，自己在那興奮，實在太丟臉了，所以我在同情之下忍不住想忠告你幾句。但我若給你忠告，你八成又會過度自戀，以爲我在吃醋。所以，我只能可憐你。你不覺得自己很窩囊嗎？就連我，看到自己在乎的老公那麼窩囊也不會高興。我自認起碼還有那點愛情。」

如此一來，丈夫只好不斷退縮。眼看她已經沒什麼貞女不貞女可言，連一點

點因妒火而精靈古怪使性子的可愛都沒有，變成了某種怪物，於是丈夫一心只想趕緊設法逃離。鬧到最後，她在家事法院說：

「我從來不曾嫉妒。是他破壞家庭。他發揮冷酷無情的本性，踐踏了無辜的妻小。」

實際上，肯定是這樣不會錯。

# 第六講　藝術學

世間妻子之中，有些妻子異樣熱愛藝術。

她若是有更多錢足以揮霍，可能會搞個法國式的文學沙龍，但在日本，所謂的上流社會一概欠缺藝術涵養，別說是沙龍了，住在小公寓的中流夫人之間，藝術熱可能還更高一些。

那或許可說是電視造成的教養平均化，導致數値減低，同時，反抗電視，熱愛藝術與文學的女性也增加了。

這種妻子的理想對象必然是藝術家。

小說家當然勉強也算是藝術家的一種，但多半毫不羞愧地寫出惡俗低級的作品，因此不大受到她們的尊敬。不過，其中勉強也有兩三個「清高又値得信賴」的作家，寫的東西還不算討厭，於是得到她們奉上「偉大作家」的稱號。

至於畫家，畫抽象主義那種莫名其妙的畫被她們尊爲天才，風景畫家或靜物畫家也被視爲擁有純淨心靈的藝術家而受到喜愛。但是，動不動就描繪女人裸體，而且把屁股畫成實物五倍大的畫家，除非像雷諾瓦那麼有名才有可能被尊敬。

最理想的對象是音樂家。

作曲家或演奏家都行，他們外表體面，品性高潔，有時甚至看起來異樣神聖。

再加上，音樂是個方便的字眼，對聽者而言，怎麼聽都行。附帶一提，我的友人之中以前有位業餘作曲家，戰時創作出〈大東亞進行曲〉這支曲子，得到北支、中支[1]總司令官的感謝狀，戰後，他只是把曲子換個名稱，改成〈民主主義進行曲〉送給駐日美軍，又得到感謝狀，他把二張獎狀裱框起來，放在書房極爲高興。

作曲家與演奏家，有點類似神職人員，發表莫名其妙的祝禱詞，動不動就裝神弄鬼，其實心裡可能正在盤算收到的禮金金額，或者午餐吃太多咖哩飯正在胃痙攣。作曲家與演奏家也半斤八兩。

——話說，藝術及藝術家，對他們自己當然是重要工作，但對女性來說天生就是拿來消遣的。莫札特就算再偉大，如果沒空，誰會聽莫札特。托爾斯泰再怎麼天才，如果沒空，誰也不可能去看《戰爭與和平》這種小說。這點，與一般娛樂產業極爲相似，是因應人們休閒活動而成立的買賣，與娛樂產業不同之處，在於它可以得到女性的尊敬。

話說回來，女性對於把自己的空閒時間變得聖潔、美麗、崇高的東西從不忘感謝。老公則相反，只會拿打掃、哺乳、洗尿片來填滿她的空閒，從來不會提升她的精神素養。

於是她們開始幻想各種藝術崇拜、藝術家崇拜。這種事，在藝術家的家庭，若以爲在後台休息室已經看多了因此絕不可能發生，那就大錯特錯了，女兒爲父親的藝術瘋狂，把父親敬若神明，最後導致婚姻破裂的例子比比皆是。政治家與

---

1 北支、中支是北支那、中支那的簡稱，亦即中國的華北及華中地區。

企業家的家庭就沒有那種例子，由此可見藝術家對家庭帶來多大的毒害。

到此爲止還好，但女人麻煩的是，太過熱中於藝術可以提升自我的想法，往往認定自己已經高人一等。

最近在電梯經常有這種經驗，本來打算上樓，進電梯後，按下七樓的按鍵，不知幾時（拜某人之前按鍵所賜）卻到了地下一樓。所謂的藝術，就像這電梯，自以爲上升，其實往往比之前還低落，自己卻遲遲沒有發覺。

於是就上升的自己（這眞正是拜「不痛苦的閒暇」所賜提升的）看來，丈夫及周遭男人忽然變得低劣。

藝術家的數量較少，因此包括丈夫在內，從事世間一般行業的男人，一律都顯得低劣了。

「一般男人，是多麼低俗啊。」

她的嘆息，由此展開所有悲劇。

藝術這玩意，將之視爲賞心悅目、清高、高尚的東西，倒也不算錯。例如東京鐵塔，的確很高，但既不清高也不賞心悅目，因此難以稱之爲藝術品。

但是，若說創作藝術的人也同樣清高，那倒不見得。就好像在從事最骯髒職業的政治家當中，偶爾也有偉大人物；在職業最崇高的牧師之中，偶爾也會有惡人。

更麻煩的是，人格低劣的藝術家創作出美好的藝術；受到人人尊敬的高尙藝術家，往往卻只寫得出無藥可救的天眞作品。

大抵而言，藝術家這種人，和世間一般人相較，多少有點孩子氣，他們大概就是以那種孩子氣作爲原動力創作作品吧。

女性對藝術家的態度可分二種，一種是「母愛型」，比較無害。她們把藝術家視爲難纏的調皮小孩，設法給予庇護，替對方洗髒襯衫，深怕對方會連著啃三天蘋果，因此適當替他補充牛排之類的蛋白質，……這一型，如果他在工作上有傑出表現，女人往往自戀地以爲都是自己的援助所致，不過起碼很少殃及無辜的第三者。

另一種是「憧憬型」，說穿了不過是仰慕者的心態，但她們以爲對藝術家的崇拜更高級，因此難以收拾。

這種女人，絕對不會崇拜棒球選手或電視明星。因為，那種魅力人人皆懂，至於藝術必須有教養才會懂。

但她在本質上不過是出於仰慕者的心態，所以會用夢呀幻想呀詩篇之類的東西來包圍崇拜對象。

這時，一再被拖出來配合的，是可憐的丈夫。

「說到我老公，讀物只看運動八卦小報，平時只看電視，哪像X先生，據說人家平時看小說都只看法國原文的。」

X先生熱中看原文的，都是沒有翻譯成日文的色情小說。這點，她做夢也想像不到。

「說到我老公，打呼很粗俗，眞是討厭死了。哪像X先生，絕對不可能打呼。」

她當然也不知道，X睡覺時磨牙的毛病有多麼惱人。

「我老公把同事找來家裡聊的話題才低級呢。不是講上司的壞話，就是議論女同事。X先生昨天在報紙上撰文批評越南的美國北爆[2]，眞的很有勇氣。他才是眞正的人道主義者。」

X是批評外國戰爭的專家。她不知道，所有的戰爭都是他炒作人氣的大好機會。

「我老公公然打嗝眞是低級。X先生絕對不會打嗝吧。」

X很做作，所以唯有一個人的時候，才會盡情打嗝。

「我老公就算看到美麗的景色，也毫無感覺，一點情調也不懂。若是X先生，當夕陽墜落在美麗的原野盡頭，他一定會靈感大發，讓身旁的女性充滿情調吧。」

但是，靈感與所謂的情調是兩回事。藝術的感觸與情調不同。說來冷酷，但男人眞正有藝術上的靈感時，女人只會礙事。這是因爲，靈感是冰冷的，就像冰塊，像乾冰那樣燃燒。

在這樣的幻想中，男人對女人的溫柔、關懷，被視爲一切「清高」藝術家的特性。那的確有某部分的眞實，但藝術家能夠捉住女人的心或許是因爲他自己偏女性化。各位不妨試觀服裝設計師及美容師這些女性化的職業，是如何捉住女人

---

2 美國以東京灣事件爲藉口，於一九六五年三月起對北越發動的一連串報復性轟炸。

的心。男性化的藝術家粗魯、任性、毫不在乎地踐踏女人的芳心，不是一般女人可以應付的。他們是一種猛獸。

不管怎樣，對她而言，藝術家似乎和她現實中的丈夫完全相反，擁有丈夫所有低級缺點的反面長處。在自己丈夫身上已無法奢望的夢想，她只好賭在自己的孩子身上。

其實我自己，也是在母親這種夢想影響下，成爲小說家。

當然，我並非在母親拜託下成爲小說家，但不可否認的是，面對父親的反對，母親陽奉陰違地袒護我的習作。

對於母親的這種愛心，我認爲在母親內心，一直潛藏著對清苦官吏家庭非藝術氣氛的抗拒，具體表現出來的，多多少少的確是對我將來的期望。如今，母親已將小說家這一行與想像不同的惡俗看得不能再清楚了，早已失去往昔的甜美夢想。

法國文學評論家蒂博代[3]說過，「小說生於女性的房間。」此言誠然不假。

不過問題在於，心懷不滿的女性爲了反抗丈夫，企圖讓孩子盡可能不像丈夫，於是開始夢想孩子能夠成爲藝術家。

這種「藝術媽媽」的狂熱，是無法實現的反貞女夢想，換言之，是「夢想與清高又理想的崇高藝術家通姦」的代償作用。

如果經常出入歐洲的文化沙龍，或許可以輕易與世界級的鋼琴家通姦，結果，

「搞什麼。說什麼天才云云，看起來多厲害似的，可是到了床上根本是個窩囊廢。」

有大量的機會讓她如此幡然醒悟，因此對藝術及藝術家免疫的機會自然也很多，但在日本這種國家，除了部分住在芦屋豪宅區的貴夫人，幾乎毫無這種機會，因此，她們只好把得不到滿足的欲望轉而投射到孩子身上，一如前述所言。

可憐的是小孩，

「好，練習鋼琴的時間到了。」

本該是玩忍者遊戲的年紀，卻被逼著有一搭沒一搭地彈鋼琴，若讓小孩畫鐵

---

3 蒂博代（Albert Thibaudet, 1874-1936），法國文學評論家，著有《法國文學史》等。

人二十八號的漫畫，本可發揮天才的技藝，卻逼他去畫無聊的花瓶。

芭蕾舞教師如今已成了專門應付小孩與母親的行業，只要去看芭蕾發表會就知道，表演必然會分開處理，把老師的藝術表演放在第二部，小朋友的表演節目放在第一部。

與第一部相比，第二部當然充滿藝術性與觀念性、實驗性與企圖性，但是那種東西連大人都看不懂，而滿場的小朋友不愧是家教良好，鴉雀無聲地乖乖觀賞。於是在那些孩子與母親面前，莊嚴演出〈愛與不安的阿拉貝斯克舞曲〉或〈祈求越南和平的愛之組曲〉之類的東西。

第一部演出當天，看起來更適合跳日本傳統草津民謠的小朋友們，一齊抬起粗腿，大跳「雛鳥湖」。

如果年紀再大一點，到了青春期的少女，會自以為醞釀出浪漫氣氛，擠出胃痛的表情，歪歪倒倒跳起芭蕾舞。

每一個都胖得沒話說，眞不懂爲何跳芭蕾舞就會變胖。

但藝術媽媽還是在觀眾席上，心醉神迷地看著女兒替自己實現年輕時無法實現的夢想。並且在心裡盤算，這次秋季公演天鵝湖，爲了讓女兒當上每天輪替的女主角，該花多少錢去打點才好。

——不過，如此花費自己付得起的錢，大做藝術夢的母親，還算是無害的，漸漸地，有些人深信自己的孩子是眞正的天才，開始四處推銷。如果推銷順利，她們會越來越狂熱，整天不離女兒的身邊，把丈夫與家庭都扔到一旁，變成典型的星媽。

藝術家是自然的變種。

長角的豬，在一般的豬看來，或許的確有魅力，但也犯不著特地讓我家可愛的豬小妹頭上長角。

人生短暫，必須面對現實。即便丈夫再怎麼屬於散文型，既然身而爲人，散文式的靈魂，有時候，偶爾也會有那麼一兩秒湧現詩情。這點各位最好相信。更要知道，對於人生百分之九十九的低俗事情，「清高的藝術家」與丈夫一樣經常飽受困擾。

同時，各位最好也記住，創作藝術者與觀賞者，是兩個截然不同的世界……

——這是我好心的忠告。

# 第七講　食物學

聲稱從婚前就熱愛做菜的女性，會深受大家期待，以爲她一定會是賢妻良母。

另一方面，婚前光是想到一日三餐得自己料理就毛骨悚然的女性，意外地，婚後過個一年，便會對婦女雜誌的料理附錄引頸期待。但我在此要陳述的食物學，不是這種溫婉的女性。

我認爲女性與食物的一般關係，就某種意味而言，堪稱不倫關係，對此我想談一談。

A子小姐打從婚前，就習慣睡前趴在床上，邊看雜誌邊啃醬油海苔米果，將之視爲最大的快樂。

她的父母當然不同意這種行爲，認爲這樣不僅沒規矩，在衛生上也對牙齒不好，所以只要發現她這樣做就會責備她。但她還是千方百計地偷偷維持這種習慣。

婚後可就不同了，一切全憑自己作主。丈夫又不像父母那麼凶，她當然可以公然大啃米果。現在這種裝在塑膠袋裡的米果，讓她不大滿足，還是該像以前那樣，裝在會發出刺耳聲音的玻璃紙袋，把那種紙袋的袋口稍微撕開，伸進手指，享受沙沙沙的聲音，之後也不看米果，眼睛只顧著瀏覽電影女明星的離婚報導，一次接一次，手指機械地抓起一片又一片香噴噴的海苔米果塞進嘴裡。嚼完的同時，下一片應該已送到嘴邊，哪怕只是瞬間，嘴裡空蕩蕩的狀態，都會令人產生難耐的寂寞。

新婚第一晚她好歹忍住了，但啓程去蜜月旅行時，同學到車站送行，

「拿去，送妳的禮物。」

說著遞來一個大包裹，裡面全是海苔米果，所以她從蜜月旅行的第二晚起，立刻決定恢復這種習慣。

「嗯——沒想到妳這麼沒規矩。」

新婚的丈夫換上睡衣，俯視妻子這種睡相，如此調侃她。

「哼啦。」A子向他撒嬌。

即便如此，丈夫覺得新婚妻子可愛得不得了，哪怕是充滿米果味、海苔味的親吻，也似乎特別稚氣，惹人愛憐。

好，她決心要永遠這樣繼續下去。反正已經得到丈夫的默許了。

又一個晚上，她先上了床，吃著米果。

「妳怎麼又在吃。」

丈夫愛憐地說。年輕的丈夫覺得自己是成熟的大人，很懂得如何對妻子這種稚氣的小毛病寬大爲懷。

二人一臉幸福地從蜜月旅行歸來了。丈夫對新婚妻子的一切都想拿出來吹噓，於是到了公司，便故意苦著臉告訴同事：

「我家那口子，睡前老是吃醬油海苔米果。眞是太沒家教了。」

她每晚繼續吃米果。

某日，丈夫頭一次因工作應酬晚歸，A子聽從丈夫叫她先睡的吩咐，已經先睡了。那是無所謂，問題是枕畔攤著週刊，還有撕破的米果包裝袋，放眼所見之處，從榻榻米到枕頭底下，到處都是海苔屑，而且她踢開被子，張著大嘴，睡相非常難看，簡直像殺人現場一樣慘不忍睹。

喝醉的丈夫，不管三七二十一抱住她，但她嘴裡散發出強烈的米果味。而且醒來的她，拼命躲避丈夫逼近的嘴唇，還嚷嚷著：

「不要，不要，你滿嘴酒臭！」

——直接原因不得而知，總之這二人結婚半年就離婚了。

A子倒是不當回事，臉上不見絲毫傷心，父母也哭笑不得，想罵都無從罵起。她回到娘家很無聊，去公司上班後，提出任性要求，開始一個人住公寓。她看起來很幸福。這次再也不用顧忌任何人，每晚，她都可以在床上邊看週刊邊吃米果了。沙沙沙，卡滋卡滋。

對A子的人生來說，米果比丈夫更重要。

小說家武田泰淳[1]有篇小品〈吃東西的女人〉，若從他的作品挑選十篇，這

1 武田泰淳（1912-1976），日本小說家，代表作有《發光苔》等。

篇必然會入選，是令人愛不釋手的傑作。

〈吃東西的女人〉中，T氏這個人物深愛在神田咖啡店工作的貧窮少女，少女在戰火中失去雙親，只剩下哥哥一個親人，雖然際遇不幸，卻很樂天、少根筋，即使別人替她買一把二百圓的陽傘也不忘感謝，是個心地善良很有魅力的可愛少女，芳名叫做房子。

T氏每次約會時，

「吃東西最開心了。吃美食是我的最愛。」

因爲她這麼說，於是帶她去各種飲食場所。

第一次約會時，她吃了三盤壽司，還買了豆平糖[2]與薄荷甜點邊走邊吃，又吃了冰淇淋，去多摩川喝了蘇打汽水，回到新宿買捲心麵包，又去豬排店吃了厚厚的炸豬排，回程買了冰棒。

某個雨天約會，她吃了上等豬排，之後又吃了海苔卷與煎蛋壽司，夜晚送她返家的暗路上，T氏突然說：「我想吻妳的乳房！」她把腋下中國風的鈕扣解開二顆，露出乳房讓他吸吮，還溫柔地笑著說：「我喜歡你。」然後轉過身，就此離去。

他與她分手後走在夜路上，一邊思忖：

「那是什麼意思？她所展現的那種率眞是怎麼回事？那是愛嗎？……說不定，那是謝禮？或許是二片炸豬排的謝禮？她當時不是露出與胃口大開時一模一樣的喜悅、卻又坦然自若的表情嗎？是吃東西、吃飽後的亢奮讓她露出乳房嗎？啊啊，不過話說回來，對於她的好意，我居然滿腦子只有無聊的念頭。簡直像我吃了她的乳房似的。她的好意，她的心，彷彿被我不當回事地吃掉了……」

T氏這種感想，當然帶有武田泰淳特有的誇大的自我諷刺。同時，他寫出這篇小品，是在昭和二十三年（一九四八）這個戰後糧食短缺的時代，糧食遭到嚴格控管，阻街女郎爲了食物不惜賣身給美軍，這種社會狀況也有必要一併列入考慮，不過這篇小品的美好，在於吃越多東西，就越提升房子這名樂天少女的純眞美好，那簡直有奇蹟般的效果。

2 攙有炒豆的棒狀飴糖，是京都名產。

這篇小品中，還有另一個毫無食欲的神經質女人弓子。T氏也受到弓子吸引，但他對生命力的讚美當然是獻給房子。

食欲與性欲，通常被視爲相反的欲望，性行爲之前本來沒胃口，完事後頓感饑餓湧起旺盛食欲，這是每個男人都有的經驗，但在房子身上，食欲與愛處於一條線上。

房子與弓子相較，是從不爲「戀愛心理」煩憂的開放女性。正因有那種心理，才有食欲。而且她一點也不引以爲恥。爲食欲羞恥，對她來說就像爲戀愛心理羞恥一樣，難以理解。請注意，我沒有用「性欲」這個字眼，而是用「戀愛心理」。對她來說，精神上的愛、溫柔、寬容、喜愛等等所謂「崇高」之物，都與食欲位於同一平面。

房子正是「食欲女神」，就各種角度而言都不是反貞女。

但這種現象，在食糧短缺時代，很奇特地只會出現在貧窮、美好、且擁有開朗生命力的女性身上。如今可以說幾乎看不到這種類型了。現在就連男的，都很少有這麼豪邁好胃口的人。

以前婚禮上的新娘，總是垂首不語，對於端上桌的菜，按照規矩也完全不能碰，但現在這種規矩已大幅放鬆。不過，新娘子如果比新郎的胃口還好，把端上桌的菜通通吃個精光，恐怕還是會遭到種種非難。於是那個尺度的拿捏反而變得困難，像以前那樣，在席上什麼也不吃，換衣服時才慌忙塞點三明治的做法倒是簡單多了。

因為，吃太多的新娘，會讓多事的客人感到某種與拘謹相反的、超乎必要的旺盛生命力，被視為一種不貞之兆。

稍微想一想，「想餵食男人的女人」是母性型貞女，「吃東西的女人」是浪費型反貞女，但這無法一概而論。

例如武田泰淳的〈吃東西的女人〉明顯是可愛的女人，而且可以看出是貞女型。因為當她吃到美味的豬排時，一定會忍不住警告男人：

「這間店很貴喔。」

相較之下，「想餵食男人的女人」因為對象只有丈夫一人，多少該稱為「好心辦壞事型貞女」，再加上帶有想永久攏絡丈夫的功利動機，因此她們才會對

「餵食」懷抱熱情。

她會擔心丈夫的營養狀態，自拮据的家計中，盡可能以豆腐讓丈夫補充植物性蛋白質，看報紙得知可以便宜吃到鯛魚，當晚立刻就弄鯛魚火鍋，像這種妻子，會在不知不覺中讓丈夫渾身脂肪，於是她又開始擔心膽固醇，熱中於婦女雜誌上標榜「低熱量餐飲」的菜單，拚命想讓丈夫變苗條，這分明與坐鎮操縱室的飛行員，不停盯著幾十種複雜儀器抖動的數值，力求安全飛行的模樣如出一轍。

但是「想餵食的女人」不見得都是貞女。

這世上，也有很多母性型女人，把她對年輕男人的愛情表現在「餵食」上。男孩子在高中或大學都有這種經驗，只要去朋友家，朋友的母親總是拚命想塞東西給他們吃。

「那小子的媽媽會招待很多美食喔。」

這種消息傳開後，大家更樂於應邀，明明沒事，還是大批前往那個朋友家作客。食欲旺盛的男孩子一下子來了五、六人，弄得廚房一陣兵荒馬亂，爲了看大家都嚷著好吃還把盤子舔乾淨的模樣，做媽媽的頂著一頭亂髮努力烹調。

「老媽，謝了！」

聽到孩子的吼叫，她感到人生幸福無比，露出痴迷的神情。

這種家庭多半還算富裕，也有餘力容納這點多餘人口，像這種事只要搬出「爲了讓兒子在學校更有面子」這個被誰問起都不丟臉的大義名分即可。另一方面，在這種家庭，男主人多半已到達一定的年齡，交際應酬繁忙經常不在家，兒子也已是高中生或大學生不需費心照顧，因此女主人閒著無聊，而且多半不知如何利用這種空閒。但她又不願被說成是有閒貴夫人，也沒勇氣濃妝豔抹四處冶遊，當然更沒勇氣紅杏出牆。

偶爾，青春活潑的孩子們塡飽了旺盛食欲後，道謝說的不是「老媽，謝了！」而是「有這麼年輕的媽媽，你知道你有多幸福嗎？看起來簡直像是你姊。哪像我老媽，已經是梅乾一樣皺巴巴的老太婆了。」

諸如此類，被這樣奉承，女主人不禁嫣然一笑，

「哎喲，說媽媽的壞話會遭天罰喲。」

藉此暗示自己「全聽見了」，甚至，還端出美酒，讓男孩喝醉，

「噢，那至少讓我幫忙洗碗。」

於是男孩醉得顚顚倒倒化身爲速成服務生把廚房弄得亂七八糟，最後，還讓男孩說出「妳累了吧。讓我表現孝心替妳按摩肩膀」這種話，嘗到聖母式性滿足的例子不在少數。但是這其中含有如履薄冰的刺激感，哪怕只有一丁點，只要兒子的朋友稍微表露出「你媽太性感」的意思，一切美好的幻影都會被破壞，虛擬的母愛毀滅，她自己的夢想瓦解，她也會開始厭惡自己，因此始終保持「豪爽雞婆的好媽媽」形象是很重要的。

像這樣，或許堪稱最微妙又光明正大的反貞女。

——或許因爲筆者愛吃，食物學怎麼講也講不完，不過我看就到此打住吧。

但我認爲，乍看之下與反貞女毫不相干的食物之中，人生的確準備了前述種種面具。

# 第八講　地理學

有人說若能看懂地圖就不是女人。

女人爲何各個都是方向白痴？就連自己與他人一致公認偏男性化的女人，也是如此，實在很驚人。

就拿我內人來說吧，她明明開車技術很好，但她想去池袋卻開到月島，類似這樣的事一再發生，只能讓人嘖嘖稱奇她究竟是如何辦到的。有時我坐在副駕駛座，告訴她那邊該右轉，那邊要左轉，她卻不當回事地說：

「那種事應該不重要吧。反正只要能夠抵達目的地就行了。」

至於她抵達目的地的指標，只是漫無目標地跟在其他車子後面走，實在令人瞠目。

不只是我內人，女性特有的欠缺方向感，由於例子委實太多，我忍不住開始認爲，這或許與男女本質上的差異有密切關係。

例如給一張白紙，說：

「請畫出從最近的車站到府上的地圖。」

男人多半一次就能在紙面容納的範圍內輕鬆畫出，女性卻多半在第一個轉角就畫到紙外。

上次看到生活雜誌上「受胎的神祕」這張照片，只見無數精子朝子宮爭相奔去，有點令人泫然落淚。那是何等勇敢、愚魯、耿直的行動。當然其中，也有彎扭的精子，把尖尖的腦袋往旁邊扭，企圖向後轉，但那是例外中的例外，就像聽到突擊號角奮起向前的一整隊士兵，爭先恐後，毫不遲疑地朝目的方向前進。

換言之，男人在本能上擁有「方向性」，知道「目的」。不，男人的存在本身，或許就如精子活動所象徵的，具有「行動性」、「方向性」、「目的性」。

這種男人擁有方向感是理所當然，沒什麼好自傲的，相較之下，女人以卵子的形式，大剌剌坐鎮，只要秉持來者不拒主義即可，本來自然不需要有什麼方向感。

如今的時代偏要叫這種女人開車，也難怪男性駕駛會害怕這些「睜眼瞎子」。

大抵，在一張白紙畫地圖的作業，看似不算什麼，其實必須有構成力、客觀性、知性分析力等等男性化的能力。

女人完全不需要那種東西便可生存，因此說穿了，那堪稱男性為補足自己的弱點而發明的工具。

戰爭必然要有地圖，無論敵我哪一方，司令官以下若全都是女兵會怎樣？

「攻擊前方三百公尺的台地。」

「要怎麼走？」

「妳不會看地圖嗎？看地圖！」

「地圖看了也不懂。憑直覺走應該就行了吧。」

「那樣太不像話了。在兩地之間，西邊不是有窪地嗎？讓一隊沿著窪地走，在一百公尺外的岩石區爬上地面……」

「西邊是哪一邊？」

「要不要看看指南針？哎呀，對不起，這個指南針壞了。」

「咦，妳怎麼知道它壞了？」

「因爲指針一直指著北邊。」

以這副亂七八糟的德性，兩軍終於展開遭遇戰，女兵各個鬥志十足，可是彼此老是碰不到敵人。

說來理所當然，因爲敵我兩方都朝著不同的方向進攻，等到發現時，已來到放眼不見任何敵蹤的大平原……

關於女人的地理學，我想談的是，女人對於貞節，就其地理位置，是怎麼想的。

自古以來，貞女當然是足不出戶，只要一直待在家裡，除非碰上強盜闖入，否則絕對可保貞節。甚至有哲學家主張「一切的不幸都是因爲不安於室」。但是足不出戶的貞女又有什麼樣的方向感？

某高級料理店的快活老闆娘，在宴席上談到好萊塢時，

「那個……老師，好萊塢是在巴黎旁邊嗎？」

她這天眞無邪的問題引來哄堂大笑，這下子，女人路痴的毛病被徹底漫畫化，聰明的她，明知如此，卻很清楚女人的路痴可以討好男人，因此或許是故意這麼說。

不過，如果，以這種路痴當特色的女人，意外熟知某處的地理，那絕對大有問題。因爲那表示她對那塊土地、那個場所，擁有很特殊的回憶。斯情斯景，搖搖欲墜的長長石牆探出石榴花的屋子，陡峭的下坡盡頭，可以望見美麗夕陽的一角……從那邊右轉走過去，角落有個香菸攤，香菸攤旁邊是老式照相館……她若能這樣熟記地理環境，首先，可以肯定在她的腦中，舊情人的身影正歷歷浮現。因爲，那樣憑感覺記住地理方位是女人的習性，要憑感覺記住那些，需要某種情緒，而且一定是擁有相當方向感的人來教她記住。很容易可以推理出，那個人絕對是男人，而且是情人。

不過，男人隨著年紀漸長，理性的頭腦也會日漸衰退，記憶中的遠近法褪去，唯有方向感異樣明確地殘留。新派劇[1]的名伶喜多村綠郎丈到了晚年，八十

---

1 新派劇是日本戲劇的一種，題材多半取自當代的風俗人情，爲與歌舞伎區分，遂稱爲新派。

歲時的說話方式就是這樣。

「方才，故事裡提到某某座劇場，那裡有宗十郎領銜演出、大阪復仇戲碼難得一見的《鶯塚》，那個劇場就在某某町與某某町的交界處，從那個某某町往東走就是某某寺橫巷，這條橫巷街角的香菸攤，有個十六、七歲的招牌西施，是個梳著桃心髻的可愛女孩，說到香菸，當時有一種天狗菸草，那時大概是許可販售民營香菸，據說往滿洲那邊賣香菸賺了很多錢，拐過那家香菸攤的轉角，就來到某某大街，對了對了，到了某某大街後，左邊有間年輕老闆娘經營的鞋店……」

這樣眞不知幾時才能抵達目的地。

男人即便沒有重要目的也會記住走過一次的路，女性記路線則需要感覺性的目的。這點，正如前面所述，不過中年男人在外偷偷金屋藏嬌，多半不用幾時就會被妻子發覺。

「老婆明明是路痴，爲何找得到那間公寓呢？」

男人深感不可思議，猜想妻子或許是雇了私家偵探跟蹤他，但女人的第六感，輕易超越理性的地理學。做丈夫的可能只是在話語之間不經意說溜嘴，

「今天我去荻窪那邊辦公事。」

這是狡滑的做法，多少也是在事先埋伏筆，這樣就算在那邊被熟人撞見，事後也能找到藉口辯解。但是聽到這句話後，敏銳的妻子找到荻窪某街某巷某號某某莊的小老婆，已是時間早晚的問題。

實際上，戀愛那種感覺上的昂揚狀態，往往超越理性的地理學。當雙方都渴望再見對方一面時，哪怕是在遼闊的東京，也會不可思議地偶然相遇。就機率而言，大概只有幾億分之一的機會。

住在東京的外國人，拿著外國人專用的東京地圖，上面寫著G街或十六大道云云，但我們就算聽到G街也不知那是哪裡。同樣住在東京，即便是東京這個場所，對於外國人及男人與女人而言，或許根據不同的地理學想到的是不同的場所。男人與女人的地理學在根本上不同，男人之所以說女人不懂地理，或許只不過是一種錯覺。因此，

「明天下午六點，我們在某某車站的剪票口碰面。」

即便如此信誓旦旦約定，她往往也不會出現。

# 第九講　社交學

夫妻相偕出席的交際應酬在日本似乎日漸增加，卻又好像沒有想像中那麼普遍。戰前，夫妻一同出席的交際場合，只有婚禮或喪禮，現在卻多了各種機會。

但這種外國習慣之中，的確有些東西是我們日本人無法完全融入的，舉個好例子，東京某大國的大使館，邀請日本人時，很少邀請夫妻一同出席。這並不是因為瞧不起日本太太，起先大使館依照該國習慣，每次都是邀請夫妻一同出席，但雙方都有種種不便產生，最後發現只邀請先生對彼此都好，於是才這樣「日本化」。

至於不方便的理由，是因為大人物的妻子們，即便盛裝出席，也沒人會講外語，只會一直微笑，與男客也毫無交流，為了怕給人愛出風頭的印象，一群女人自己擠在一塊，只談不痛不癢的衣服與家庭話題。由於顧忌那群人，男客的話題也聊得有一搭沒一搭，宴會的氣氛很冷，也無法促進深交。大體上日本男人，都是透過在家不能說的對話來鞏固友情，所以這樣很不方便，當主人的外國人，即便再怎麼努力以西式風格款待，也無法奏效。

這種例子一再重演後，某次只邀請男客，反而奇蹟般地成功了，從此大使以下全員都懂得「入境隨俗」。

舉這種例子，可能立刻會被批評：那是因爲男性蠻橫專制地把女性整天關在家裡，降低了她們原本的社交能力。不過像美國這種國家也就算了，在歐洲，例如西班牙那樣的國家，至今仍以純男性的社交場所爲主，即便是美國與英國這些以男女同行的社交爲主的國家，禁止女人進入的俱樂部也很興盛，商業午餐通常只限男性。顯然還是遵守男人的工作女人不得干涉的原則。

至於夫妻同行的社交，其實，妻子只是被當成藝伎使用，目的不過是替聚會增色潤滑而已。但那純粹是遵守西式的互惠條約相互協定的形式，嘴上喊得好聽什麼女士、女士的，其實心裡正把別人的妻子當成「女人」鑑賞，也讓別人把自家老婆當成「女人」鑑賞，有這樣一套系統存在。

女人的社交能力，潛藏著些許娼妓性，是理所當然，這點和古希臘及日本這種把女人清楚劃分成娼妓與母性、藝伎式與家庭主婦式、職業與業餘的社會，多少有些不同。若非將精神上的娼妓性視爲美德的社會，不可能讓夫妻同行的社交如此盛行。

此中，自有注重會話來代替實際行動的理由，因爲若只是對話，就算再怎麼遊走在邊緣也沒有實際損害，富於洗練機智的對話，達成社交界的情色主義本質……就這樣，表面上的一夫一妻制，完全保住了神聖。

夫妻同行的社交，蘊含這樣稍微複雜的根據與思想。

不良少年集團各自帶著小弟出門野餐，在幾番衝突後，掀起腥風血雨……聽到這樣的事件，大家會笑著說眞蠢，但日本現在的夫妻同行型社交，與帶小弟出門的不良少年團社交，在思想上顯然是五十步笑百步。

只因爲那傢伙盯著小弟的臉看了十秒以上，就以性命相搏，也是因爲其中沒有對話成立作爲緩衝的安全瓣，不過若因此以爲日本人沒有對話能力，就大錯特錯了，至少在嫖妓的世界裡，有趣的對話異常發達。

江戶的青樓話本，例如業亭行成寫的《藪之鶯》中，被女人指責「喂，你這樣太無情無義」的花花公子由次郎，他的反應是：

「呸！白痴都不會替人家清洗水井，虧妳煞有介事說什麼清不清純的，其實不過是一灘泥水罷了。我頂多陪妳喝杯茶吧。妳還敢與自來水的純水較量輕重？如果掏出妳心底的冰冷，讓我隔著大棉袍奉陪，我就算是土鯽魚，也會變成鰻魚溜得飛快。」

毒舌的方式非常風雅。

前不久赤坂某豪華夜店終於關門大吉，經營者深深嘆息道：

「在日本，就算等再久，夫妻同行的客人也不會來這種地方。我投注理想的夢破滅了。」

——聽到這種話，夫妻同行的模式好像是為了讓夜店流行的必要存在，但即便在外國，夫妻經常相偕上夜店的，恐怕也是極為奇特的異端分子。

就英式看法，夫妻同行的社交純粹以家庭為中心，某個家庭邀請或應邀至另一個家庭。在家庭以外，男人會去純男性的俱樂部打撞球。

而在日本……

算了，還是別提了。這已被談論太多次，就算一再重述，四坪大的家也不可能一下子變成宏偉的沙龍。

不過，若照我老實講，在夫妻同行的社交場合，我曾經對外國太太暗懷好感，對日本太太卻很少起那種念頭。日本太太當然是美女，又盡可能盛裝打扮了，外表自然更勝藝伎，卻總覺得她們欠缺魅力。

好像少了一點自然，或許是太愛出風頭，稍嫌做作。也許各位會想像，若能與這樣的有夫之婦趁她丈夫不在時單獨私會不知多麼有魅力，但眼前的她實在沒什麼魅力。

倒也不是不性感。的確，她流露出某種暗示著「若能與你獨處，我一定會好好展現魅力，但現在不行」的風情。雖有這樣引人遐思的性感，卻缺乏西洋都市那種有噴水池或花壇廣場般爽朗的公眾魅力。

實際上，在宴會上無趣的太太，到了別的場所卻是出色的女性，這種經驗我多少有過。

尤其是西式社交，女主人是中心人物，引導主客進餐廳是女主人的任務，暗示從餐廳離開也是女主人的任務。女主人的肩上扛著種種重擔。一邊扛著重擔，還得繃緊神經留意四面八方，而且和顏悅色，從容不迫，看起來非常愉快，這需要比演員更多的訓練。而且，如同西洋小說常見的，還得設法暗示中意的男人，簡直堪稱千手觀音的演技。

在日本，或可視為男人是為了不讓妻子背負這種重擔特意體貼妻子。在職業上要求西方社交的，在日本頂多只有外交官夫人之流，但有些女人即便歷經外交官夫人生活數十年仍舊無法習慣。

——話說，縱觀自明治以來日本有魅力的社交夫人歷史，我發現一件很不可思議的事。

與丈夫一體，稱職地協助丈夫，充分發揮社交才華，而且贏得貞淑美譽的女性意外稀少，尤其在西式社交界，更是寥寥無幾。有名的社交夫人，幾乎在私生活方面，都有反貞女的經歷。

像政治家或歌舞伎演員的夫人那樣夫妻分工合作，各自專心致力於個人事業，發揮賢內助之功的例子不勝枚舉，這個說穿了，是流氓老大夫人的大姊頭社交術，純粹是分工型社交。

西式夫妻同行的社交，對上流夫人而言，往往只被利用於自由與道德的解放。在日本，女人擔任主人的社交，多半讓人把女人看得超乎必要地了不起。不只是作爲傳承而來的流儀，也會陷入自己有魅力才變成核心人物的錯覺，到此地步已把丈夫撇到一旁，只想著發揮自己的魅力與權力，對過去日本的封建主義舉起反抗大旗，認定那是風光的戰場。

我們已經年紀不小，在過去，也曾數度獻身於果敢的戀愛冒險，如今當下便能舉出幾個有點葡萄乾風味的貴婦人。

再沒有比這種婦人的丈夫更可悲的了。只是眼睜睜旁觀妻子的淫亂，最後甚至犧牲自己，對女性解放做出貢獻。

即便如此，不可否認的是，西洋式社交無論對丈夫或妻子，都帶來某種代償滿足。

雖說已嫁爲人妻，只要是女人自然渴望讚美。哪怕是家長會的聚會，一群太太們七嘴八舌，

「哎呀，好漂亮的手提包。」

「哎呀，妳那件衣服真有品味。虧妳能把黃色這麼難穿的顏色穿得這麼好看。」

或許頂多只有這種程度的讚美，但同性的讚美，往往暗地要求對方也讚美回去，而且，一不留神往往還暗藏意外的諷刺。

如此一來，自然不如異性的讚美那麼動聽。西方男人在這點很敏感，連女人的鞋子都讚美，日本男人雖然做不到那種地步，卻懂得默默以眼睛讚美她的全體。

大抵婚後過了數年，即便是「妳今晚特別美」這種程度的讚美，丈夫也很難說出。就算有個嘻皮笑臉的丈夫，願意說出這種話，女人渴求別人讚美的心情本來就是反貞女的，最好全世界的男人都能這麼說。

社交是合法接受異性讚賞的重要機會。

日本男人很不會拍馬屁，非常害羞，自然不懂得如何讚美女人的衣著或化妝。

「夫人的穿著真是好品味。」

能夠大言不慚說出這種話的，不是牛郎，就是同性戀。

大體上，男人對女人的衣著本就不太關心，毋寧更關心女人的臉蛋與肉體，不過若老實這麼說未免失禮，也有被當成色狼之虞，所以只好保持沉默。又不像外國男人那樣，技術高超得連女人的項鍊或鞋子都可以大肆讚美來討好她，只好默不吭聲。

日本的唐璜，伴隨高亢的喇叭聲登場，正是在這瞬間。

「看著妳的翦水雙瞳，我幾乎深陷進去，我想瀑布墜落深淵的感覺，大概就是這樣。」

或者，

「好美的手臂。『妳的手是我的地平線』這句法國詩妳知道嗎？」

或者，

「看著妳的手指，如此纖纖玉指若能撫摸我的喉嚨，我大概會忍不住喵～（又不是貓咪！）」

或者，

「女人的頭髮，感覺很神聖呢。眞奇怪。若是討厭的女人，只會覺得她的頭髮髒死了。」

諸如此類……

他面不改色地說出這種旁人簡直聽不下去的花言巧語，最後甚至說到腿，說到胸，透過言語伸出愛撫之手。

大抵上日語並不適用這種表現，但日本唐璜越缺乏道地的日語素養反而會越成功。混血帥哥在日本多半是戀愛的最大勝利者。

上述言詞，在家長會這種聚會當然聽不到。若是聽到了，那絕對會讓她開心到極點。說不定僅僅是其中的一句話，就會讓她對那個男人一輩子都無法懷恨並且永遠心存感激。

但日本唐璜，不見得像他自己宣傳的總是可以靠這招成功。因爲日本的反貞女也有日本式的局限。

家庭派對結束後，或者自外面的宴會回來後，可愛的反貞女（就算是五十歲依然保有可愛之處）在寢室不經意向丈夫問道：

「有人說我的眼睛是翦水雙瞳，你說是眞的嗎？」
「他想講的應該是瞳鈴眼吧。」
「有人說我的手臂是地平線又怎麼說？」
「那大概是因爲筆直得像磨杵吧。」
「你覺得我的頭髮有神聖之感嗎？」
「意思是說連碰都不想碰？」
被丈夫這麼回答，一切全完了。不過，可以諷刺得這麼痛快的毒舌丈夫畢竟不多，通常，做丈夫的只會揉著惺忪睡眼，含糊不清地以「啊啊」、「噢噢」、「嗯」、「是喔」隨口附和。
那樣也好。
她透過這樣的複習，不知不覺，開始錯覺那些話是出自丈夫之口，於是滿懷感謝去愛丈夫，成爲比以往更厲害十倍的貞女。

# 第十講　經濟學

惡妻與反貞女截然不同。有些惡妻是貞女，也有些賢妻是反貞女。正因如此婚姻才能勉強維持下去，若是惡妻兼反貞女，通常等於筆直朝離婚前進。

關於經濟，浪費的女人通常等同惡妻。不過，也有些夫妻彼此都很浪費又糊塗，家計赤字連連，卻在山窮水盡時得到意外收入，就這樣竟也即將迎向金婚。所以說世事無法一概而論。

另一方面也有節儉的反貞女。把錢包交給這種女人掌管絕對可以安心，因為她根本不會動用。

她會縮減家計努力存錢，穿著廚房罩衫拎著購物袋假裝去市場買東西，卻直接去旅館開房間，當然房錢等等都讓男人出，非常厲害。

不過，男人多半太天真，往往覺得女人有點浪費的毛病比較可愛。丈夫好意

買禮物回來，

「天啊，這麼貴的東西，太浪費了。有這筆錢，還不如替孩子換個新書包。」

被這麼一說，老公不高興了。這種貞女，等於是自己製造了老公外遇的原因。

法國作家喬治·庫特林[1]的《我家的和平》這齣喜劇，把小氣丈夫眼中，浪費的妻子那種難以抗拒的魅力描寫得淋漓盡致。

丈夫特里耶三十六歲，妻子瓦蘭奇娜二十五歲。丈夫是小說家。

特里耶深愛妻子，但是對於妻子粗俗的言詞、沒規矩的舉止、言談，經常課以罰金，從家計中扣款。

例如，

「九月三日——買鍛鐵色玻璃吊燈一事，特里耶以無謂浪費高價爲由，不肯同意付款，妻子對此大罵特里耶『該死的小氣鬼』……罰款二法郎五十生丁。」

還有，

「九月六日——爲了逼特里耶同意購買另一盞吊燈，亦即鍛鐵色玻璃燈，妻子故意毀損玄關的吊燈當場被發現……罰款四法郎九十生丁。」

諸如此類。

即便如此，妻子還是不知反省，恬然無恥地要求領取全額家用金，終於引發夫妻爭吵，妻子假裝回娘家，又偷偷跑回來，說：「無論如何都需要那麼多錢。」

其實她僞造丈夫的簽名，擅自開支票，早已買下渴望已久的「鍛鐵色玻璃吊燈」，而且在拿回家的途中不愼弄壞。

丈夫也沒力氣發怒了，面對妻子的異常孩子氣，他已無力再抗爭，終於把錢給了妻子。

這齣戲描寫出夫妻生活的永久面貌，作者把幼稚的妻子滿腦子只有「想要、想要、想要」這個念頭的浪費欲，描寫得非常可愛，最後，終於不敵妻子欲望的三流作家丈夫那窩囊的德性，看起來既可憐又滑稽。

1 喬治．庫特林（Georges Courteline, 1858-1929），法國小說家、劇作家，作品常諷刺揶揄軍人及公務人員日常生活的荒謬。

——不過，妻子夢寐以求的東西，只是「鍛鐵色玻璃吊燈」時，還能安穩解決。

妻子想要的可能是不動產，也可能是三克拉的鑽戒。

妓女或類似妓女的職業婦女，憑著直覺就能判明，大概能從男人身上榨取多少錢。當她想要的超過那個金錢額度時，她肯定是在暗示：

「我已經不愛你了，我們分手吧。」

但是一般素人女子，身爲妻子雖掌管家計，在這方面永遠很遲鈍。

對著月薪二萬的丈夫，一年到頭不斷訴說：

「老公，我想要跑車。」

「要是有冷氣該多好。」

「我們買棟別墅吧。」

這點在〈空想學〉就已講過了，她們會拿夢想當藉口鞭策丈夫，另一方面，壓根沒有「我已經不愛你了我們分手吧」的意思，因此她們可以說比妓女加倍貪婪。

我認爲女性對經濟的看法著實不可思議，因爲最近，我在某報看到「丈夫的薪水袋是否該全額交給妻子」的爭論。

當我去美國，提到「日本的上班族，多半把薪水全額交給妻子，再從中領取零用錢，每天搭車上班」，對方瞪大雙眼。因爲即便在女尊男卑出了名的美國，也絕對做不到那種地步。日本這個國家，一方面看似封建，另一方面又超現代到這種地步，所以美國人大吃一驚。而且當我說明這種習慣，是來自古代輕賤金錢的武士氣質，如今演變爲上班族氣質，大多數美國人都會武斷認定：

「噢？那麼，封建日本其實讓女性掌管錢包，在經濟上是由女性支配啊。」

但這個問題相當複雜，一個習慣產生的背後，總有種種內情。拜封建式婦道所賜，日本古時候的女人，才會變成「可以安心託付錢包的女人」。她們完美地執行掌管錢包的職責，從不會抱怨薪水太少，還會先把薪水袋供在神壇前，感謝丈夫的工作辛勞，就算錢再少也會從中擠出家計必需的費用，讓家中經濟得以健全營運，這正是她的高明之處。相對的，她貫徹「自己拿到的不是自己的錢而是丈夫的錢」這種意識，只要丈夫要求，即便知道丈夫是要拿錢玩藝伎，也不得不高高興興地從拮据的收入籌出那筆費用。

話說回來，關於剛才提到的報紙論爭，眼看最近不是「唯物史觀」而是「唯物人生觀」強烈的「唯物妻子」漸增，我本以爲，論爭的結論必然是「雖說是古老的習慣，還是照過去那樣把薪水袋全部上繳比較好」，沒想到似乎並非如此。

「還是像美國那樣，財政大權由丈夫掌握較好。」

這樣的意見超過半數。

那並無太大根據，好像只是覺得美國模式較有現代感，純屬感覺上的理由，但不惜捨棄緊要關頭由妻子發揮絕對強勢的傳統習慣，產生這種心態，還是得有一定的理由才是。

我首先感到的是，

「我懂了，在日本『可以安心託付錢包的女人』已經越來越少了。」

在這萬事都得靠錢解決的社會，女人自動放棄經濟支配權，肯定是因爲她們已經不耐煩再掌管財政。握有財政大權說來好聽，但那同時也會束縛自己，她們肯定開始渴望解放自己。

而且，她們必然也已厭倦再扮演「可以安心託付錢包的女人」。更何況，對於化著濃妝、大白天就戴假睫毛、晃著大耳環、把頭髮梳得像東京鐵塔一樣高的現代女性，要大方地把錢包交給她們，站在男人的立場似乎也有欠考慮。

不只是外表的問題。身為丈夫，是把月薪交給妻子，換來對自己神聖勞動的溫柔感謝。所以如果妻子劈頭就毫不客氣地說出感想：

「哎喲，獎金怎麼這麼少。」

實際上，「託付錢包」這種習慣倫理，等於已經死掉了。

而女性也漸漸察覺這種「自古相傳的美好習俗」隱藏的欺瞞。

「媽媽，拜託妳囉。」

對於丈夫這種兒子式的任性，不得不含笑容忍的規範，潛藏在這「自古相傳的美德」底層。對妻子的全盤信賴，讓丈夫把錢包交給妻子掌管，這麼說是很好聽，其實背後精明地藏有另一種心機：

「沒事，女人都很小氣，就算把錢交給女人，她也絕不敢拿去揮霍。要讓女人不花錢，把錢包交給她才是最好的辦法。」

不過，女人也在不斷改變。男人不能再安心以為「女人很小氣」。恐怕就是這種女性變化的自覺，招來前述論爭不可思議的結論。

在日本經常發生奇妙的反現象，

「再也受不了全額接收薪水袋了！」

這種女性的反抗，潛藏著女性解放的吶喊。她們渴望擺脫一切，掙脫一切束縛自己的東西得到自由。甚至包括經濟支配權。

就這點而言，女性解放，與放棄經濟大權這本來矛盾的二者結爲一體，是日本才有的現象，由此也可看出日本人的精神主義傾向。

至於美國，他們，尤其是美國女性，非常羨慕日本的相親結婚，以及「薪水袋交給妻子」的制度。那是她們的夢想也是理想。相親結婚如果普及，女人可以逃脫「只能靠與生俱來的魅力一決勝負」這可怕孤獨又殘酷的生存競爭，同時她們也認爲，只要婚後掌管薪水袋，一切就是自己的天下了。

日本在各方面都逐漸美國化，因此在「薪水袋上繳論」還占多數優勢的情況下，女性會如何改變，以美國爲例來討論想必最省事。

表面上是女士優先，但在家裡，美國男人通常會牢牢抓緊錢包，把支出算得很精細，透過錢包來支配、監督女人。在那裡的人際關係是：就算床上交換百分之百的愛情，經濟方面卻百分之百互不信任。

說到互不信任，這是西方近代社會的原則，也是與日本這種義理人情社會不同之處。此點在夫妻之間亦然。

各位不妨想想看。美國女性從小就意識到異性，能夠交到越多男友的女人就越會被視爲人生勝利者，因此，她們早在二十歲之前，就已學會如何將賣弄風騷的技巧或傲慢地將這些女人的武器有效利用到最大極限。

得到這種女性的男人，爲了讓婚姻生活更貼近自己的理想，不惜付出各種努力。

自己用來對付妻子的武器，必須收入、社會地位、男性魅力三者俱備。他們要一點一滴地施展這些本領，把敵人慢慢拉攏過來。否則，敵人會拔腿就逃。收入也得自己掌管，日常家計自不用說，尤其是臨時開銷，必須先仔細檢討敵人的勤務表現，該給的就給，不該給的就不給，做出種種決斷。這點，在此項開頭引用的庫特林喜劇中有精妙的描寫。

於是，結婚時態度那麼高傲的美麗妻子，現在爲了買點稍微昂貴的東西，都得向自己撒嬌討好：「老公，拜託……」

由此產生的，是不言可知的女性「娼妓化」。

若說日本丈夫將薪水袋上繳，全力促進了女性的「母性化」，美國丈夫則是藉由捏緊錢包，全力促進女性的「娼妓化」，此言絕不為過。在那個社會，正如〈社交學〉一節也提過的，女性適度的娼妓化，是社會的要求。

所以，月薪上繳論，可以說展現了日本女性從母性化妻子演變成娼妓化妻子的歷程。

美國女性從中學或高中階段，就學會如何向不特定多數人施展女性魅力的技巧，因此婚後做丈夫的也不敢絲毫大意。

丈夫如果做出把月薪全額上繳的愚行，她當天就會分期付款買下貂皮大衣，隔天，說不定就會做出計畫已久的出軌行動。

她們就像是那種如果不好好控制立刻會失控的機器，和日本舊時代妻子那種甚至可以遠距離操控的女性不同。

即便只是出門做個小旅行，美國人也會天天打電話給妻子，甜蜜溫柔地滿口喊著：「哈囉，親愛的。」此舉乃是出於擔心，因為他們害怕只要一天不打電話，難保不會出什麼事。

看到日本男人可以一個人四處長期旅行，不寫信回家也不當回事，美國人很驚訝。

「你不愛你的妻子嗎？」

日本人還不明白，西方人的愛情只能自互不信任產生，而西方人恐怕也很難理解日本人的心情。

# 第十一講　同性學

與男人的同性戀不同，女人的同性戀，是異性戀的反映，所以有人主張，在異性戀盛行的國家女同性戀比較多，在女同性戀顯著的地方男同性戀較少。

我不見得贊同這種說法，不過姑且先聽聽那人的說法吧。

根據那種說法，例如拉丁語系諸國的法國、義大利、西班牙，男人會以甜言蜜語追求女人，把女人視爲官能性的對象。若是在英語系國家（例如英國或美國）女人理所當然會被追捧尊崇，但拉丁語系國家不同，女人明顯被當成女人看待。如果女人獨自散步，會有各種男人上前搭訕，吹口哨，獻上讚美之詞，邀請女人一同散步。正因如此，某位已過中年的作家夫人忍不住告白，在日本無人把自己當成女人，但在義大利太棒了，自己彷彿重新變成女人。

在這些國家，向婦人獻殷勤是很重要的，如果與女人獨處一室，接吻或觸摸身體，被視爲一種禮儀。

就某種角度而言，這堪稱對女性心理的精確洞察，試想你若是女人，說不準會在哪兒被捏捏小手或摸屁股。即便如此，像盎格魯薩克遜女人那樣尖叫也會被視爲太粗俗，性感地迴避才是風雅的做法。這種做法，在洛可可時代開出燦爛的花朵。

不過，女人一直被當成女人對待，正表示女人一直被當成「物」。只要是稍有自主性的女人，絕對受不了自己老是這樣被當成擺飾。於是，爲了恢復自主性，她們利用了同性戀，藉由女人愛女人，女人這才終於擺脫當擺飾的命運。此說認爲，這就是女同性戀的社會成因。

這種說法的確突顯出事實的某一面。關於妓女之間是否同性戀特別多，這下子找到相當有力的說明。

誠如異性戀也有極端的形式，同性戀也有極端的形式。而且這樣最容易引人注目，天生帶有男性性格的女同性戀小說《寂寞之泉》[1]那種極端的例子，在這

1 《寂寞之泉》，作者爲瑞克里芙·霍爾（Radclyffe Hall），內容描述一名出身上流社會的女子一心渴望成爲男人，愛上有夫之婦的故事。

種情況下姑且排除。

唯一能說的是，在一對同性戀中，愛得更深、更強、更願為愛奉獻的那一方肯定是重度同性戀者，這是鐵律，是同性戀與異性戀不同之處，同時，也可說藏有同性戀的悲劇性。在異性戀中，有時是男的用情至深，有時是女的一往情深，視狀況而定，形形色色情況不一。

我在這篇講義，無意大談異常心理學的理論，只是想論述各種「反貞女」，所以關於同性戀，我想談的，是所謂輕度的女同性戀者，那種輕飄飄往哪一邊倒都行，又好像對哪一邊都沒興趣，在連接兩性的橋上，一邊思索該往哪邊走，一邊茫然眺望景色的女人。

有一種女性，她會對著男性友人說：「喂，我介紹出色的女性給你吧。你一定會愛死她。她真的很漂亮。就連女孩子看到她都會兩眼發直。是個百看不厭的大美人。那麼漂亮的人，連我看了都會心跳加快。不知你這個男人看了又會怎樣。」

男人聽到這種話，有必要做精密的狀況判斷。

第一，講這種話的她，已經厭倦了他，爲了趕快打發他滾蛋，才做出誇大廣告，想把別的女人推銷給他。

第二，其實，她知道自己快要被厭倦了，於是爲了留住男人的心，故意強迫推銷男人不喜歡的那種女人（但的確是美女），她希望看到男人拒絕，藉以恢復自己的自信心。

第三，她說的那個女孩子眞的是美人，她大概在無意識中，對那個女人產生同性戀，於是希望男友代替她實現那個她無法實現的夢想。

有同性戀傾向的女性結婚後，有些人很幸福，也有人不然，與男同性戀不同的是，男同性戀的重症者，基本上根本無法與女人有夫妻生活，女同性戀卻不管再怎麼嚴重（精神上的厭惡另當別論），在生理上還是可以行房。只要想到男女在生理上的差異，想必就會立刻明白。

況且，受到古代封建遺俗的影響，至今仍有許多女人和談不上喜歡的男人結婚，而且喜歡也分很多種程度，例如，正常女性和在生理上感到厭惡的男人結婚，以及原本是同性戀的女人與不知何故特別投緣的異性結婚，這二者哪一種更幸福？自然毋庸贅言。甚且，在肉體上也是，有些女人雖有正常欲望卻是性冷感，也有的女人雖是同性戀卻對性特別敏感。這種情況的幸與不幸，難以一概而論。

不過不管怎麼說，就男人看來，愛上同性戀經驗豐富的女人時，不得不困惑的是，縱使不能得到她的心，至少也想得到她的人，但那似乎是不可能的任務。因爲，哪怕是做愛技巧再怎麼熟練的男人，也有相當大的自以爲是的空想部分，面對熟知同性敏感點的情敵，難免落居下風。於是男人的王牌，只剩下女人絕對做不到的事，換言之，讓女人生小孩。

問題是世間的錯誤就在這裡，愛上同性戀型（非重症）女性的男人，首先應該抓住她的心，撇開身體不談，抓住心是可能的，甚至是較容易的。這種類型的女性當中，有很多眞正的貞女。史上有名的貞女之中，我猜想或許有很多都是蕾絲邊。

但另一方面，也有一群堪稱同性戀型蕩婦的女人。她們多半是聲樂及舞蹈等演藝界的女性。

她們的症狀很輕微，只是無法判定眞僞的同性戀者，但她們拿那個當幌子來釣男人，將之視爲無上樂趣，非常難纏。如果和這種女人結婚，將會有非常奇特的反貞女誕生。

她們多半總是與全世界任何東西都難以取代的同性密友形影不離。

就算交了男友，除非與密友一起，否則她哪也不去。

男人只好像傻瓜一樣，買三張電影票，付三個人的餐費，乖乖跟在後面。

起初他以爲女人是出於戒心才找朋友同行，但即便如此似乎也過分了。

趁著「密友」去化妝室時，男人急忙想說些甜言蜜語，但敵人也不是省油的燈，立刻搬出「密友」的話題讓他碰一鼻子灰。

「B子很棒吧？」

「對，是很棒。」

「既然她那麼棒，你別追求我這種無趣的女人了，你應該選B子。反正我這種人，等於是她身邊陪襯的綠葉。」

「喂，別開玩笑了。要我講幾遍妳才懂。」

「本來就是嘛。就連身爲女人的我看了，也覺得B子與我有天壤之別。她像仙女一樣美麗，而我卻是矮冬瓜，連她的腳跟都趕不上。」
「傻瓜。在我看來妳比她美麗多了。」
「喲，滿嘴謊言。你的喜好還眞是異於常人。」
「照我說來，B子小姐就像花枝一樣只是特別白，讓人感覺怪不舒服的，沒有那種打動人心的魅力。」
「夠了！不准講B子的壞話。」
A子突然柳眉倒豎眞的動怒了，男人當下不知所措。這時話題人物B子悠然歸來，A子的表情頓時變得很幸福。
好不容易，男人終於逮到與A子獨處的機會，在公園的樹蔭下，努力製造浪漫氣氛接吻。A子非常陶醉，看起來已經屈服了，卻突然說出掃興的話：
「做這種事，太對不起B子了。」
男人這時反而基於奇妙的競爭意識，湧起一股征服欲。
同性戀蕩婦的技術，若是表演過少女歌劇[2]的女性，自然早已習得，不管她是不是同性戀，說來等於學得一身處世接物的好技巧。

她們會故意在男友面前，與女伴耳鬢廝磨，甚至兩個女人表演接吻，擾亂男人的心，爲此而沾沾自喜，不過，這種技巧對於單純又一根腸子通到底的男人來說肯定無效。男人必須多少有點獵奇式的喜好才會吃這一套，戰前上海的「魔鏡」就是算準觀眾的這種心理。

再加上當世流行法國文學，只要是法國的東西什麼都覺得高級，由於法國文學常出現蕾絲邊，於是有些男人就覺得那帶有法國香氣，夾在太親密的兩個女人之間洋洋得意。這種男人多半戴著貝雷帽，咬著煙斗，一派文人作風。

正是這種男人，太注重與女人的友愛，所以才更容易掉入同性戀型女人的陷阱。

話說回來，男人與這種散發神祕花園香氣的女人結婚後才發現，她不僅不浪漫，反而欠缺性感與溫柔，而且比一般女人更愛吃醋，當她用檢察廳的眼光盯著丈夫的一舉手一投足，試圖找出丈夫的外遇對象時，她連同性的友誼都忘了，她

2 少女或年輕女性表演歌舞劇爲主的日本特有舞台表演。寶塚歌劇團、松竹歌劇團、OSK日本歌劇團是最著名的三大少女歌劇團體。

會破口大罵，甚至揪住對方的頭髮。

簡而言之，她從一開始就無法容忍那種只對男人展現性感的女人的不潔。照她的說法，

「你也眞笨。那種女人，到底哪裡有魅力。你根本沒有看女人的眼光，才會變成這樣。那種人是女人的渣滓。交給我處理吧。我會幫你找個好貨色。」

但是等了又等，遲遲沒有發現「好貨色」。這也難怪，既然她自己出馬去找，在這世界，怎麼可能會有比她更好的貨色。

——不過也不盡然都是這種不好的例子，少女歌劇的男角，婚後變成賢妻良母的例子並不罕見，這些人的丈夫多半都是英姿颯爽的帥哥。

看到這種郎才女貌，令人會心一笑，原來如此，對於扮演男主角備受少女喜愛的女性來說，反而沒有那種無聊的「對男人的復仇心」及小家子氣的「女人的自戀」。這種女性，或許反而可以誠實認同男性的美好品質與優點。縱使丈夫是帥哥，又有何懼。因爲過去扮演男角的她們，自己也體會過「男人的自戀」那種單純無邪，所以她們能夠理解。

其實最難對付的，是把同性一律當成敵人的自戀女人。男人若是深愛她，而且又很有錢，就算是再醜再老的男人她也樂於下嫁。

她們完全不懂得如何去愛人，對所有的男人都抱著嚴重的猜忌與輕蔑。而且深信所有的女人都沒有自己美麗，也不如自己這麼有魅力。或者她們渴望這麼相信。

這種美女，其實很不可思議，會被所有的同性排擠。

就連女同性戀者，也對這種女人避之唯恐不及。

因爲自己「被當成男人」輕蔑會很不是滋味。

她一生孤獨，把別人說的話都當成惡意，終究無法習得落落大方的「人性美德」。

相形之下，受到同性喜愛的女性倒是隨著年紀增長更添人格魅力，形成難以言喻的有趣特質。

她們必然有某處不足。這點與男人的魅力一樣，沒有缺陷的人，無論男女，都難以博得人氣。不僅是少女歌劇的世界，在藝伎的世界或女子學校這些純女性世界生存的女人之中，似乎有時也會具備這種隨之衍生的優點。

但另一方面，在純女性世界長大的女人，若說是討厭鬼，這麼討厭的女人還真不多見。

純同性的世界同時具備那個性別的強烈優點與強烈缺點，二者以極端形式呈現，這樣的代表性例子在男人過去的軍隊中也屢見不鮮。

# 第十二講　整形學

好萊塢女星簽約時，胸圍多少、臀圍多少、大腿多粗等等現在體型，都會寫進契約中，在契約期間，如果吃太多冰淇淋變得太胖，或是這個三圍變形身材走樣，據說會被控告違約。

夫妻又如何？起初瘦如竹竿的美女，十年過後已肥嘟嘟，往電影院的椅子一坐，等到要起身時卡在椅子上起不來，成了這樣的肥女後，雖只是美女的ㄇ變成ㄈ的變化，不也同樣是明顯的違約？她對丈夫很忠實，別說是外遇，和別的男人連話都不說，是標準的模範貞女，但她能夠拿那個當擋箭牌攻擊丈夫的外遇嗎？那不也是一種反貞女？早自一千零一夜的往昔，就有這樣的故事：受到可怕的大魔王寵愛，被關在上鎖的玻璃箱的美女，照樣拔下大魔王老公的鼻毛，與一百個男人搞外遇。由此可見女人的出軌是無可避免？

有的女人以心，有的女人以肉體，也有的女人以脂肪背叛丈夫。

本章要談的是美容整形的問題，但我對女性的美容整形抱持寬大的態度。因爲那是「化妝」的自然延長行爲。

在日本，化妝盛行的背後有其宗教起源。巫女的濃妝，用意本是藉由化妝讓神明附身成爲靈媒，意味著變身爲自我人格以外的身分。

西洋化妝術傳入日本後，標榜「自然的化妝」（這個說法本身就很矛盾），過去的濃妝被拋棄，看到如今彷彿從柳樹下出現的女鬼般妝容，這似乎也是超越日本傳統的靈媒式化妝。我曾投宿某飯店，工作到半夜十二點想吃宵夜，結果咚咚敲門進來做客房服務的女孩子，化著慘白的妝木著臉走近，害我當場寒毛倒豎。

無論西洋或東洋，女人的化妝都包含人格轉換術，嘴上說可以發揮自己的個性，其實目的似乎只是想要模仿自己憧憬的、欠缺的東西。

女人本來在各方面就很像月亮，深受月亮影響，與男人相較，她們易胖也易瘦的身材，也與月亮一模一樣。小時候，我曾看過一齣童話劇，內容描寫替月亮做衣服的裁縫師，每次量身時月亮的尺寸都不一樣，因此深感困擾。但這不是童話劇的世界，是隨處可見的婦女洋裁店日夜重演的戲劇。

前述好萊塢那種漠視人權的苛刻契約，堪稱很了解女性難以捉摸之處。或許女性不僅是心，肉體也同樣難以捉摸？

A子可以是瘦的A子、胖的A子、化妝的A子、素顏的A子、生氣的A子、歡笑的A子，究竟哪一個才是眞正的A子？婚後當她背叛丈夫時，那又是哪一個A子？肥胖的A子以脂肪，化妝的A子以肉體，歡笑的A子以心，三重背叛了丈夫嗎？

光是提出疑問不算是講義，所以我們還是回到美容整形的話題吧。假設有個胖得要命的女孩，很崇拜伊莉莎白・泰勒，爲了讓鼻子看起來高一點，畫鼻影或是勇敢衝進醫院隆鼻，不過是五十步與百步之別，後者只不過是前者的延長。

但是二者還是有一點不同。爲了隆鼻，必須在鼻子裡面塞進塑膠異物，這塊塑膠，意味著在她浮動的肉體、變化不定的肉體，第一次，放進了不動如山、決定性的「物體」。

整形醫師當然聲稱放進去的塑膠隨時可以取出，但只要她「想變美」的悲願一日不改，只要那項手術是成功的，塑膠就永遠成爲她的「宿命」。

其中自有整形美容的眞理。伊莉莎白・泰勒有美女的宿命。醜女沒有泰勒的宿命。要當美女，首先就需要「美女的宿命」。塑膠這種不可動搖的異物，成爲這種宿命的替代品。

那麼，接著讓我們看看整形美容的實際情況。她們是如何買入新的宿命——那塊塑膠？

根據在某整形美容醫院的調查，前來隆鼻的女性，有百分之四十四是演藝圈人士，百分之十三・五是職場女性，百分之九是學生，百分之六・三是服務業。服務業如果也包括酒家小姐，六・三這個數字似乎有點太少，或許她們對於自己的職業多半自稱是演藝圈人士。至於隆鼻的目的，第一，是爲了結婚。第二，是爲了戀愛。第三，是爲了就業。爲了結婚身心都打算煥然一新，但是愛上她本來的面貌向她求婚的男性，在婚禮時看到變了一個人的她，不知會有多驚訝。另外，「爲了就業」這個理由，一般公司雇用女性時往往也會以貌取人，演藝圈就更不用說了，「歌唱得好，但臉蛋不行就完了。」

這是一般意見，這種傾向甚至對男歌手也一視同仁。

她們住院給鼻子打上石膏模，麻醉之後，把形狀就像裁紙刀兩側加上鋸齒的塑膠放入鼻子。

這種塑膠上面，有通往血管的洞，兩側的鋸齒，據說是爲了模糊輪廓。

光是想像就已讓人毛骨悚然，不過非洲土著女性爲了美容把下唇拉長像鳥嘴，印度女人在耳朵與額頭鑽洞，想想這些苦行就沒那麼不可思議了。

我曾在某同人雜誌看過這樣的小說。男人娶了某個美女後，生出一點也不似她美貌的醜陋小孩，於是懷疑這是否眞是自己的小孩，對她的貞節產生疑問，而她也似乎眞有祕密，動不動就想隱瞞過去。最後她含淚開始告白，丈夫本已有心理準備以爲她要坦承自己的不貞。沒想到，意外地，她竟然只是「做過整形美容」，想到過去自己一個人的苦惱掙扎，他當下呆住了。就是這樣的有趣故事。

這個故事蘊含不可思議的眞實。

換言之，妻子撒謊時的動機問題。

夫妻之間還能撒謊表示還有希望，因此所謂的謊言，是爲了讓自己看起來更美，不願曝露自己眞實面貌令對方失望才撒謊。所以謊言之中，除了自我中心主義，也包含爲對方著想的體貼。

男人撒謊也一樣。騙妻子自己沒出軌時，男人是爲自己著想才說謊，但同時，也是因爲不想失去妻子而說謊。

如果覺得失去對方也無所謂，還有誰要說謊。

如果眞有夫妻可以彼此坦誠相告情事，那他們一定是人工化的夫妻關係，他們之間已沒有「愛」，可以視爲只有友情。

面對隆鼻後才認識的丈夫，拼命隱瞞自己去隆鼻把鼻子墊高的妻子，實在令人心疼，不過在隱瞞「眞相」這點，還是等於隱瞞過去犯的「錯誤」。但那與不貞的差異，在於希望丈夫只看到那個「良好結果」，雖說都是隱瞞，但隱瞞的意味不同。鼻子變高、變漂亮的臉蛋，別說是隱藏了，二十四小時都會展現在對方面前。

祕密只在過去，她的夢想，當然，是讓人以爲她天生就這麼美麗。她因那美麗而幸福。

……不過總覺得那樣還不夠，並非眞正滿足。

爲什麼呢？像夢想中一樣美麗，像夢想中一樣得到男人讚賞，找到好丈夫得到幸福。可是，卻還是感到不滿足。心中彷彿一絲冷風吹過。

爲什麼？

——她心裡知道，「若是天生麗質，那種美麗不可能如此幸福。恐怕早已成爲那種美麗的犧牲品，變得很不幸」。而她要不幸很困難。至少要因爲美麗而不幸很難。

她漸漸開始在人前，丈夫眼前，隱瞞那種幸福感。「隱瞞幸福感」才是整形美容與不貞之戀的最大相似點、共通點。

# 第十三講　尊敬學

前面談過〈輕蔑學〉，所以接下來就談談尊敬學吧。當然是談女人受到尊敬。

現在我在紐約，但即便是如此繁忙的大都市，還是謹守女士優先，搭乘電梯時，總是讓女人優先，老派的紳士與女性同乘電梯時，一定會脫下帽子表達敬意。這是很莫名其妙的習慣，先進電梯的人，當然會走進電梯最裡面，等到要出電梯時，如果想先出去，其他的人必須貼著牆壁才能讓那人通過。這麼不合理的習慣，想必遲早會被淘汰。

走在路上時，男人靠車道這邊，女人靠建築物這邊走的習慣，似乎是因爲以前還有馬車時，馬路中央到處是馬糞，也常濺到泥巴，所以男人爲了保護女人才養成這種習慣。如今走在寬敞的步道上，這種習慣幾乎已毫無意義。不過，男性至今仍是從小就被這樣教育，因此與女性同行時，腳好像會自動這樣走，這樣恐怕只能稱之爲「禮儀機器人」。

我不明白，女性究竟有哪一點那麼了不起，值得如此被尊敬，仔細想想，人的價值，其實是因每個人的個性及工作表現而評定。

「瑪莉夫人[1]是很了不起的人因此值得尊敬。」

若是這樣還能理解，

「瑪莉夫人是女的因此值得尊敬。」

這種說法實在令人費解。想必，被尊敬的那方，也不太明白。那和我國不管什麼事都認定「因爲是男的所以了不起」的封建遺俗半斤八兩。

某個美國人久居日本後漸漸忘記母國的習慣，好不容易回到祖國，在妻子的娘家受到歡迎，當妻子的母親進屋時，他也大剌剌坐在椅子上迎接丈母娘，據說因此大大得罪了對方。

1　此處可能是指醫學家野口英世的賢內助瑪莉夫人（Mary Loretta Dardis）。

「女人進出房間時，男人要從椅子起立，立正不動。」

這種古老的禮儀，被他在日本徹底忘記了。

不過若說女人受到這樣的尊敬就很高興嗎？恐怕也不見得。

厭倦了這種徒有形式的虛假尊敬，希望被當成個體尊敬，努力投身工作與研究的女性，在美國比比皆是，但若要與男人站在對等的立場確保地位，即便在美國也很困難。

不過，最近在日本，也有很多男人衷心對妻子獻上形式與實質雙方面的尊敬。這可以視爲男人不再用功，知性降低的證據之一，

「我老婆太聰明，我都招架不住了。」

像這樣坦然告訴朋友的年輕上班族也屢見不鮮。

「我老婆什麼都懂，眞是討厭。上次，我們一起看電視上的文學猜謎，問到《窄門》的作者是誰，我老婆比電視上的解答者答得更快，當下就說那當然是紀德。接著問到《谷間百合》的作者是誰，我以爲是曾野綾子，結果是巴爾札克，被我老婆嘲笑了一頓。諸如此類，在知識教養方面，樣樣輸她一截。我明明也是

大學畢業的怎會這樣呢？」

太太們把空閒時間都投注在教養方面，對於文學、美術、戲劇，她們無所不知，丈夫們卻離文化教養越來越遠。要對抗太太的超高教養，丈夫只能靠提升地位與賺錢，但地位上不去也賺不到錢的丈夫，即使想對抗也欠缺對抗的手段。於是漸漸被知性不如妻子的自卑感侵蝕。

在日本，沒有西方那種尊崇女性的騎士精神傳統，因此女性反而較可能如此這般獲得個人的尊敬。

「因爲是女人所以了不起。」

正因爲沒有這種想法，

「我老婆和其他女人不同，很了不起。」

這種想法，才能率直地打動意志軟弱的丈夫。

實際上，或許可以說，與其對女性毫無意義地在形式上尊敬，還不如對每個妻子或戀人的個別尊敬，更能提高女性的價值。因爲西洋式的女士優先，純粹只是出於「愛護婦孺」這種愛護弱小的心態。

妻子每次說出什麼無聊的文學意見時，在旁邊的丈夫，比任何客人都佩服，

「X子真是聰明啊。」

這種情景，實在讓人難以苟同，但在日本社會，

「我老婆可是大美人。」

比起這種痴迷的說法，一般人認爲前者還好一些。換言之說她「聰明」或許抵觸丈夫的威嚴，卻不會讓人聯想到性愛方面的迷戀。

這種妻子，多半是美女，又有點小才華，對自己的頭腦與教養很自戀。以爲自己與眾不同，受到尊敬是理所當然。她倒也沒有因此輕蔑丈夫。丈夫是尊崇自己的重要存在，是連結世人尊敬與她的重要媒介。

她投以輕蔑目光的，是只要美麗就滿足的世間一般白痴美女。

丈夫某天不經意對妻子說，應邀出席某宴會時作陪的藝伎很漂亮，她當下不高興了。

「噢？若是美女就算腦袋空空也沒關係囉？」

「那倒不是。她說話相當機智。」

「機智？我看八成是討好男人的輕浮玩笑吧。藝伎本來就沒教養，會被那種沒教養的女人灌幾句迷湯就得意的男人也很沒教養。」

「現在的藝伎甚至還有大學學歷呢。」

「噢？如果大學畢業就算有教養，那你應該更有教養囉？你也和那些落伍沒教養的男人有一樣的想法，聲稱女人只要有白痴美就好。」

「等一下，我又沒有那樣說。」

「不，誇獎一個不值得尊敬的女人，本來就不是有知性的人該做的事。」

到此地步，已沒有議論的餘地。

在她的腦中，對於丈夫早已構築起理想男性的夢想。

那種理想男人，不管看到怎樣的美女，都不會爲腦袋空空的女人動心。他的愛，必須在美與知性、美與教養達成一致，然後愛與尊敬才能一致，被高於性愛的東西淨化，男人絕對不可屈服於野蠻的獸欲。

她相信自家夫妻的愛正是如此，她無法忍受丈夫心中還藏有其他方式的愛。因爲那不僅意味著對她的褻瀆，也是對他自己的褻瀆。

在古希臘，她這種夢想，以截然不同的形式實現了。在那裡，妻子們無知卻貞淑，整天待在家裡專心帶小孩做家事，只爲傳宗接代貢獻力量。被稱爲hetaira的高級妓女則實現美與教養、美與知性的一致。男人離家去那種地方，與美貌又有教養的妓女互訴情衷，論戰哲學。

從這點，可以輕易看出，對男人而言，女人的知性與教養意味著什麼。換言之，男人並非自古以來就討厭有知性與教養的女人。但他們並不樂見女人藉由那種知性與教養成爲自己的競爭對手。連結美貌與知性還需要另一樣東西，那就是「媚態」。流露媚態，是因爲知道如何將她的美貌與知性弄得順口、風味絕佳。古希臘人早就知道，缺乏性感的才智，對男人來說毫不美味。

幸運的是，在現代，一般有知識的家庭主婦，比藝伎更有知性，教養也更豐富。

於是，她可以斷言，丈夫擁有錯誤的嗜好、低劣的興趣。但是光靠「尊敬」眞的就能令她滿足嗎？

知性的性質，與其他各種能力一樣，在於尋求抵抗。正如撐竿跳選手，不斷打破自己的記錄，企求跳過更高的竿子。知性也不斷對自己施加阻力，企求更高的知性。如果她得到的知性與教養是眞的，總有一天，光靠知性不如自己的丈夫獻上尊敬將無法再滿足她。

舉世聞名的這種搭檔，可舉沙特與西蒙波娃爲例。西蒙波娃是世界一流的知性女子，一般男人遠遠比不上她的聰慧頭腦。就算十個日本所謂的男性知識分子一起出馬，恐怕也得在她面前甘拜下風。就連這樣的她，都在尋求更值得尊敬的男人，最後終於遇見沙特。沙特的知性明顯高於波娃，而且，沙特具有她所欠缺的東西。那是小說家的才華，波娃在智力方面或許與沙特接近，在小說家的才華方面卻望塵莫及。小說家的才華，是無論多麼低級的事物都能生動地加以形容的才能，通常，這和太過知性的頭腦無法並存。沙特是男人，智力超群，而且「連低級都是理所當然的」。

波娃遇見這樣的男人，她戰鬥、抵抗、嫉妒……不知不覺，超越了種種低俗的情感，實現了「因尊敬而結合的愛」。他們終究沒有在法律上正式結婚。關於這種比結婚更緊密的精神結合，我認爲，沙特八成相當奸詐，是狡猾的老狐狸所以才能成功，不過撇開那個不談，波娃展現了知性女子之愛的某種極致，已無可置疑。

就算不到西蒙波娃那種程度，多少在知性方面比較進步的女人，不知不覺開始渴望尊敬勝過被尊敬。甚至更進一步渴望被斥責：

「搞什麼，妳的知性，原來只有鼬鼠的程度啊。」

美國的女知識分子，來到日本的禪寺打坐，被警策香板敲打背部還很高興的心理，正是如此。在她的母國，大家都只尊敬她的知性，沒有任何人會拿板子狠狠敲打她的背部。沒有人肯對她知性與教養的弱點當頭棒喝。

於是，知性女子開始拚命想找「老師」。她想聽有益的「老師」教誨。想成爲偉大「老師」的弟子。

因此，絲毫沒有性魅力的猥瑣老師們，忙著到處演講，被一群美貌的女弟子環繞。這種老師壓根沒有男人的動物之美，因此反而令女性安心，被選爲尊敬對象。許多老師因此誤會，深信自己很有女人緣。

話說回來，正如因愛生妒，有時也會因妒生愛。見到老師被大批女弟子包圍，女弟子之間自然會產生競爭與嫉妒，結果，爲了證明自己才是老師最中意的弟子，許多女性對老師獻媚，而且誤以爲那是「對老師的純粹之愛」。而老師也從有夫之婦的身上，享受到類似古希臘高級妓女的樂趣。

我的意思，並不是說受尊敬的知性女子全都會變成這樣。

以前，女性因貞淑與高尚的品性受到尊敬。現在這種理由已得不到太大的尊敬。

以前會因高貴的氣質受到尊敬。現在「高貴的氣質」這種東西，已被視爲古老階級的遺物。

所謂軍國之母的母性德性也曾受到尊敬。現在，那只被用來做政治宣傳，被視爲虛僞的尊敬。

只因美麗受尊敬，日本以前沒有，今後想必也不會有。

只因知性與教養，被善良的丈夫或戀人天眞無邪地尊敬，若要受尊敬，這種程度是最保險的。

# 第十四講　技巧學

這裡不是狹義地單指做愛技巧，我想談的是人生的種種技巧。

不久前，某雜誌報導了那樁有名的國際聯姻——文樂[1]人偶師吉田小玉氏[2]與伊迪絲・漢森夫人[3]宣告分手的新聞。撇開漢森夫人的隱私不談，我想從第三者的局外人角度談一談她的生活態度。

我從一開始就覺得，她的想法太過牽強。她是有教養也有知性的美國女性，而且又是大美人，在母國不知受到多少年輕小夥子的追求，她肯定也因此看盡周遭年輕男子的缺點，心生不滿。於是她來到日本。

厭倦物質文明，厭倦人工化生活，也厭倦了壓迫人類自然、溫和心情的巨大技術社會，更厭倦充滿棘刺、粗糙、大而化之生活的她，在日本看到的是什麼呢？

當然日本也已美國化，年輕男女一心追求美式生活，但她當然對那種情形不屑一顧。

（以上這一切，都是我個人的想像……）

她去看文樂劇，在那裡發現眞正的日本。人偶展現了古老的日本人那種耐心忍讓，美好人情如泉水源源不絕的理想姿態。那才是過去日本人美好的風貌，是她的祖國早已忘懷的至純人性。「這才是人性眞正的美好風貌。」她肯定在心裡如此吶喊。

那種率直，那種純樸，那種溫柔，那種纖細……那才是眞正的人，眞正的女人。和那些塗著豔麗口紅，嚼著口香糖，叫丈夫替她開車門，看足球賽時鬼吼鬼叫，可是一轉身又大談沙特的文學，扛著和平主義的牌子到處遊行，撰寫法國哲學家柏格森[4]哲學報告的女人比起來，是多麼不一樣啊。

1 文樂本來是專門表演人形淨琉璃劇的劇場名稱，現在一般是指人形淨琉璃這種日本傳統的人偶劇。
2 吉田小玉氏（1934-2008），本名高橋輝雄，爲吉田人形淨琉璃第五代傳人。
3 伊迪絲・漢森（Edith Hanson, 1939-），美籍電視女主持人及散文作家，現居日本。
4 柏格森（Henri Louis Bergson, 1859-1941），法國哲學家，曾於一九二七年獲得諾貝爾文學獎。

她深受人形淨琉璃這種人偶劇吸引，漸漸也開始出入後台休息室，結識了操縱人偶的青年。

那同樣是在美國做夢也見不到的青年。說來理所當然，因爲美國沒有文樂。他沉默寡言而且面無表情，不會說什麼奉承話，但他纖細的手指一旦進入人偶體內，人偶頓時得到生命，表現出細膩的情感，流露美好的火熱愛情。不，不是人偶流露的。是那個面無表情的青年心底深藏的感情，投射在人偶身上，讓人偶展現出世間最美的愛情。這個青年究竟是什麼地方，潛藏著如此充滿戰慄的情感光芒……她的心中，漸漸感到神秘且充滿敬畏。

這樣寫出來，簡直像三流愛情小說，但我身爲小說家的想像力，實在忍不住這麼想像他們的羅曼史。

那其中肯定有現實與夢想的奇妙融合。肯定有她對現代文明的批評，以及撫慰她那嚴苛批評式頭腦的東西。在我心裡，漢森夫人與英國作家勞倫斯著名的小說《羽蛇》[5]的女主角，那個疲於都市文明憧憬墨西哥人那種野性的女主角，二者不免重疊爲一。換言之她或許是「女的勞倫斯」？

當她感到這裡才是人類眞正的心靈故鄉時，她那美國女性的行動派靈魂抬頭了。

她肯定認爲，自己的文明批評不是思想或文學，而是該以行動去表現，以身體去表現。

所以該如何是好？

美麗的她親自成爲文樂人偶，讓操縱人偶的青年手指，替她帶來生命就行了。

到此爲止是誰都想像得到的，但之後她做得很徹底，是一般女性臨時起意的行爲難以相比的。我之所以認爲她的行動背後必然有思想支持，理由就在於此。她與那個操縱人偶的青年結婚了。人種、語言、生活習慣、環境、思考方式、身世背景，一切都如此截然不同的二人結婚，不能不說是一樁罕事。然後……

5 《羽蛇》（*The Plumed Serpent*），作者爲大衛．勞倫斯（David H. Lawrence），描述厭惡西方文明社會的女主角來到墨西哥，卻捲入當地推翻天主教、恢復羽蛇神古教的事件。

……然後伊迪絲・漢森夫人與吉田小玉繼續過著幸福的婚姻生活。

成果令人驚訝。她穿著和服的立姿彩色照片，宛如繪畫的美麗，令人聯想到文樂人偶最美的瞬間。

她心裡一定也很有自信，「如今墮落的日本女性，根本不可能展現昔日那種美麗的日本女性風姿。諷刺的是，反而是我這個外國人，能夠這樣比日本人更巧妙地體現日本女性的優美。」

被她這麼想也無可奈何，因爲當今日本女性，的確連怎麼穿和服都不知道。不說別的，首先縱使有許多女性憧憬成爲女明星安・瑪格麗特[6]，也不用擔心會有女人起意成爲文樂人偶。因此對她來說，沒有任何競爭者。

不過，她徹底化身爲文樂人偶，不只是在拍照時。日常生活二十四小時，她全然在扮演文樂人偶。

她也是語言天才，很快就學會充滿微妙表現的大阪腔，她運用任誰聽了都不會奇怪的日語，生活當然是睡榻榻米，吃日本料理……她每天拎著菜籃採買食物，爲丈夫洗手做羹湯，勤快地侍候丈夫。

這已堪稱偉業。在美國家庭自不待言，就連日本的年輕夫妻生活，也已難得一見的生活樣式，她這個美國女人卻想忠實維護。

這是一種藝術。是生活的藝術化。

生活通常是模仿周遭人們的行爲活下去，但伊迪絲女士從藝術中創造生活，實踐了不像周遭任何人的生活。她想把她的美學與夢想，移植到現實世界……

這通常是藝術家的做法。藝術家知道自己腦中眞正的美與夢想，絕不可能在這現實世界實現，因此試圖在作品中實現它。純粹是在作品中。但她深信可以將那種美與夢想在現實生活中實現，也的確實行了。如果她有誤算，那大概是在「現實世界」的判斷上，過於看重日本這個國家的特殊性了。

的確，在她看來，或許覺得日本與美國不同，日本才是唯一能夠讓夢想與現實一致的國家。

可惜，事實並非如此。在我們這些住在日本的人們看來，日本與世界任何國家沒兩樣，只不過是懷抱著種種問題苦戰惡鬥的現實世界某個國家，在這個國

6 安·瑪格麗特（Ann Margret, 1941-），瑞典裔美國籍女演員。

家，夢想與現實絕非一致。
她不得不眼睜睜看著自己打造的人工樂園從周遭漸漸被現實侵蝕。她逃離人工化的故國生活，企圖重返人類自然本性的努力，徒然變成另一種人工化的不自然行爲。她不得不面對這個諷刺的結果。而且，這次反過來還得面對侵蝕她夢想的「眞正的日本」。
這不是喜劇，而是道地的悲劇，不過以上的故事，全都出自我的想像。
——好了，關於伊迪絲・漢森女士的事已經扯太遠了，在此我想談的，其實是人生及戀愛的技巧，我並不是在批評伊迪絲女士的選擇有錯。
做到她那麼極端的地步，自己當然也會喘不過氣，但是症狀較輕的女性，在我們之間倒是多得很。
也有些女性把自己當成小說或電影的主角，活在那種夢想中。只因爲某個冒失的男子，對開朗的她說：
「妳是憂愁夫人呢。」
於是她從此動不動就擺出牙痛的表情，變成憂鬱的女人。

過去她一直很苦惱自己太樂天、太開朗，自從被誤喊爲「憂愁夫人」後，就把自己套入那種憧憬的模型。

從此小孩再也看不到母親的笑容，家庭也變得氣氛陰沉。

完全沒技巧的人生與戀愛，令人難以想像，但全靠技巧鞏固的人生與戀愛，與服務業女性結婚後失去興致，是因爲厭倦了她的技巧，另一方面，也無法再忍受她的技巧與素顏的落差。

肯定會出現破綻。

那麼，「技巧」應該是意志的問題，還是周遭強迫訓練出來的結果呢？

前述伊迪絲．漢森女士的例子，技巧徹頭徹尾屬於意志的問題。自己做選擇，自己訓練自己，一切都照著自己想做的去做。哪怕是三指併攏，跪地迎接丈夫，說「相公您回來了」，那也不是周遭強迫她這麼做，而是因爲文樂劇裡貌美貞潔的女人偶總是這麼做。

但是，這裡牽涉到伊迪絲女士不可思議的抽象主義，而封建時代的女人，沒有一個是自己選擇那種打扮，把牙齒塗黑，穿著衣襬拖地的衣服，以袖掩口而笑，併攏三指跪在榻榻米上叩頭行禮。

一切都是來自父母的教育、社會的壓力，婚後則是婆婆的壓力、世人的眼光……乃至其他種種的強迫，她自己幾乎毫無選擇的餘地。如果那叫做「技巧」，恐怕只能說是爲了求生的技巧。

女人的技巧，就這個意味而言，關係到女人的性命。

至於藝伎的技巧，或酒家小姐的技巧，那是因應社會必要及生活必要而產生。藝伎接受種種訓練，得以發揮獨特的技巧之美；酒家小姐也爲了想變成有錢人，過好日子，開好車，或者養育可愛的孩子，才學習對付男人的技巧。

男人也明知那是技巧，還是很高興。但就像吃膩了大魚大肉會想來點清粥小菜，最後還是會回歸到家中妻子的無技巧。

因此家庭主婦如果有一大堆技巧，那可不得了。就像是從掛滿塑膠櫻花的廉價酒吧回到家一看，家裡天花板也掛滿塑膠櫻花，非常掃興。

但是，封建時代的妻子，和現在的女人比起來，似乎在面無表情之中遠遠藏有更女性化的技巧，那是蘊藏在單色調、不起眼色調中的技巧，與外面社會花俏女子那種技巧的誇張色調截然不同。

然則，要成爲家庭的貞女，現在的女性會碰上一個矛盾。

戰前，要扮演家庭的貞女很簡單。換言之，只要做個「好媽媽」就行了。盡可能脂粉不施，把頭髮紮起來，也不穿昂貴的好衣服，不去任何地方玩，總是待在家裡，專心裁縫洗衣……只要這樣，就會被人視爲貞女，自己也如此以爲。

可是，戰後家庭制度瓦解，美國式以夫妻爲單位、夫妻爲中心的生活普及後，成爲貞女的條件越來越困難。

首先，要愛丈夫，爲丈夫付出一切，無論精神或肉體，都要充分回報那分愛，成了貞女的條件。爲此，婚後也不能忽視自己是「女人」，因此不能忘記女人的技巧。若是以前，撇開對丈夫的愛不談，只要一心一意照顧婆婆與孩子，已是標準的貞女。但是現在，光是那樣已經不管用。現在年輕太太們的服裝越來越花俏，與歡場女子幾無分別。大白天就花枝招展掛著大耳環走也不足爲奇。

如此一來麻煩的是，家庭主婦也弄得像天花板掛滿塑膠櫻花似的，要弄職業級的做愛技巧……與家庭外的女人再無差別。本是爲了當貞女才開始的行爲，結果卻落得失去魅力。

如此看來，現代眞正的反貞女，或許藏在紮起頭髮、脂粉不施、對丈夫毫無愛意、一心侍候婆婆與小孩的罕見老派類型中。

# 第十五講　營養學

巴黎的模特兒，據說乳房都很小，多半瘦如雞骨。

中國古代女子纏足走得歪歪倒倒，日本古代女子也會纏胸，乳房大的女人只能哀嘆自己的不幸。

就像老年人喜歡玩盆栽，美也隨著品味的洗練漸漸追求一種畸型。所以人們常說，如果把路易王朝時代貴婦人穿的衣物脫下，不知是多麼不健康、多麼詭異的肉體。

而製造這種奇妙流行的，多半是出於男人的要求，巴黎的設計師幾乎都是男性，在別的事情上，女人動不動就喜歡跟男人唱反調，唯獨流行，她們會乖乖聽從男人的命令。

好萊塢繁華時，某位有名的大牌女星，因爲穿衣品味不佳深感困擾，於是電影公司的高級主管想出主意，自巴黎請來著名的設計師。

若舉出這位女星的名字，氣勢強得連哭泣的小孩都會嚇得閉嘴，主管在她面前也低聲下氣，只能拼命討好她，但巴黎設計師一抵達好萊塢，立刻派人叫她穿上最喜歡的衣服來見面。

當她意氣昂揚出現時，設計師不僅沒討好她，還臉色難看地瞪著她，

「妳這是什麼打扮？簡直太丟臉了！又不是鄉下村姑。」

設計師劈頭痛罵一頓後，走近她身邊，拽起她的衣服，

「這個飄來飄去的是什麼玩意？妳是要變魔術嗎？衣服難看，髮型也不像樣。還有這差勁的配色。搞什麼鬼。萬國旗還比這個好看。妳是色盲嗎？妳爸媽給妳這對眼睛到底是用來看什麼的？眞是夠了。妳自己站在鏡子前面看看，妳不覺得自己像火雞嗎？如果不覺得，那妳不但眼睛有毛病，連腦袋也有毛病。」

被這樣沒完沒了地批評，傲慢的大明星不僅沒生氣，反而淚流滿面，像要謝罪似的巴著設計師，如此懇求：

「老師，我什麼都聽您的，拜託讓我變漂亮。」

老師也稍微放緩臉色，

「嗯。很好，很好。既然妳肯老實認錯，我會把妳變成眞正的美女。不過，今後妳絕對要服從我的命令。」

「是。我絕對不會違抗老師說的話。」

——於是她在短短幾個月內搖身一變成了品味高雅洗練的美女。看來設計師這一行，似乎需要具備能夠這樣抓住女性弱點的政治才能。

偏偏是這種無論腦袋或才華都有自信絕對不輸給男人的女人，只要腰稍微變粗或是有人說她腿太粗，就會被打擊得徹夜難眠。

於是她們開始含淚節食。

像我這種在戰火中長大的男人看來，如今的社會營養過剩，眞不明白爲何有人自願把自己搞得營養失調。

我至今仍對當時的回憶耿耿於懷，因此抱有某種饑餓自卑情結。每天一定要大吃一頓肉食才能安心，而且每天早上，要攝取含有十二種維他命、十八種礦物質以及甲硫氨酸之類的「超級維他命」營養劑。某個法國人調侃我：

「那是你創作的祕密吧？」

某個美國人則勸誡：

「It's killing you.」

但我認爲沒有比節食更可怕的拷問。

後來看到早上只喝一杯果汁，中午一小盤生菜沙拉，晚上吃少許瘦肉的女人，我實在無法理解這樣活著有什麼樂趣。好像稍微多吃一點就會立刻發胖，像敏感的磅秤似的肉體，不見得眞的有敏感的神經與敏感的感受性……

每天負責替全家料理美味三餐的家庭主婦，最喜歡抱怨在家吃飯沒胃口。這是很值得同情的心理。自己在廚房忙了老半天做出來的飯菜，一旦擺上餐桌，絲毫無法刺激自己的食欲，唯一的樂趣好像只有看著大家吃得津津有味的模樣。這種太太，偶爾被丈夫帶去外面上館子，會展現旺盛到可恥的好胃口。

這種心理其實我很能夠理解。簡而言之，自己寫的小說，就像自己做的菜，既無法刺激食欲，也吃不出味道。唯一的幸福就是聽到別人說好吃，自己的肚子一點也不餓。但是小說與料理不同，自己寫的東西沒必要自己每天看到中毒，就算不去外面上館子，在家待著也能享受別人做的菜，也就是別人寫的小說。如此一來，一年到頭都在看自己寫的小說過日子，換言之自己吃自己做的菜的主婦生活，實在值得同情。

對此我想到的是，熱中於節食這種非生產性行爲的女性，若要重新振作起來，最好的療法，或許就是一日三餐，都讓她用古時候那種不方便又複雜的烹調方法做菜。

營養過度，熱量攝取過多，擔心發胖偏又食欲旺盛的女性，似乎是因爲自己沒有下廚努力做菜。

最近營養滿分而且速成的美式食品增多，人們不再需要下廚，自己做菜也不再那麼厭煩。即使大體上不聞不問也能在短時間料理，之後只要擺上桌，吃起來倒也不至於惡心反胃，還算是好吃。而且，洗衣及其他機械化，令人多出空閒，家事勞動的分量隨之減少。如果不運動光是拼命吃飯，當然會像中國料理的肥雞那樣發胖，於是惡性循環之下自然產生節食的必要。

永井荷風[1]這個壞心眼的老頭子寫的日記是出名的有趣，在他批評女子體操教育的文章中，寫了這麼一段話。改寫成現代語就失去味道了，所以我直接引用原文。

「以體育之名教女學生半裸體又跑又跳，實爲將來當舞孃或女藝人打基礎。若要鍛練身體，冬天洗米洗衣方爲上策。是乃既可做家事又能增進健康的一舉兩得之法也。」（昭和六年十月）

我以前在京都祇園中央住過一間小旅舍，是由某個當過藝伎的老嫗帶著一個女傭開的。客房只有兩三間，客人只有我一人。

可是服務很慢，早上先是送上茶水就要花三十分鐘，之後等一個小時就能看到早餐已經算是好的了。晚餐也不知幾時才能吃到，如果催她們，她們就回答馬上好，然後又耗上二個小時。

急躁的我，因此被逼得幾乎瘋掉，但若說她倆沒有工作或是偷懶，那倒也不是。我還沒看過這樣整天從起床到睡覺都在工作的人。

一整天，她們除了掃地洗衣之外都待在廚房，不斷切什麼菜葉，或是不停咕嘟咕嘟以小火熬煮東西。當然這兩個女人瘦得很理想，一點也看不出發福的徵兆。

有趣的是，營養豐富熱量又高的動物性食品，無論西式或中式，都是最能簡單料理的食物；營養不高熱量又低的日本式植物性食品，則是烹調起來最費時費力的。

因此，像這種身體肥胖必須節食的女性，只要讓她待在舊式廚房，學習舊式日本料理，叫她拿牛蒡、麥麩、慈姑這些感覺陰森的食品以小火慢慢熬煮，調味，丈夫再對味道挑三揀四，採用這種一石二鳥、最具生產性的方法，讓她們一方面成爲日本古早料理高手，一方面成爲纖瘦日本美人，肯定就是丈夫對她的最大愛情。用陰森的廚活兒與封建的丈夫，取代節食與體操，會是治療女性過胖的最佳療法嗎……世上肥胖的反貞女，不妨考慮看看。

1 永井荷風（1879-1959），日本小說家，代表作《濹東綺譚》、《斷腸亭記》等。

# 第十六講　狂女學

人如果至情至性就會看似狂人，這雖然不是太有趣的哲學，卻蘊含某種眞理。

不管是貞女或反貞女，做到極致後的象徵，似乎都是狂女。高村光太郎[1]著名的《智惠子抄》，以及島尾敏雄[2]的《死之棘》，都是在歌頌或描述變成狂女的妻子。

實際上，就反貞女這點看來，女狂人似乎露骨揭示「女人的本質是反貞女」這個眞相。女狂人多半是花痴，精神病院的醫生往往受到女病人猛烈的示愛。就算不到狂人的地步，女囚集團好像也很誇張，前年據說在東京都內實際發生過這樣的事：拘留所的女囚雜居房屋頂破了洞，前來修理的屋頂工人，在工作途中不愼自那個洞掉進雜居房內，頓時被女囚包圍落得半死不活的下場。這個「半死不活的下場」，我不知究竟是什麼下場，就請各位自行想像吧。

但我在這項狂女學想談的，並非人類那種極端的獸性。關於那種問題，自古以來維也納的性心理學家就已寫出大部頭著作。若是光看那種書，腦袋會壞掉。

但是，狂女似乎可以大別爲三種。一種是把浮世規範一概忘卻，只要有男人就飛撲過去的膚淺狂女。還有一種，是把紅塵浮世一段愛的回憶、貞節的記憶珍藏心底，對其他的事完全不放在心上的狂女。還有一種，是變得像女童一樣的狂女。就是以上三種。

這當然不是以精神病理學的學術方式來區分，而是文學作品中的三種狂女類型，若以ABC命名，C或許該稱爲「白痴」或「痴女」。

高村光太郎的《智惠子抄》中的智惠子，似乎就是屬於C這類。書中有〈與

1 高村光太郎（1883-1956），日本雕塑家、詩人及散文作家。
2 島尾敏雄（1917-1986），日本戰後作家。

千鳥嬉戲的智惠子〉這首美麗詩篇。

與坐在空無一人的九十九里沙灘的
智惠子嬉戲。
無數的朋友呼喚智惠子之名。
智、智、智、智、智[3]——
沙上留下小腳印，
千鳥走近智惠子。
嘴裡總是念念有詞的智惠子
舉起雙手喊回去。
千、千、千——
千鳥索求兩手的貝殼。
智惠子零零散散丟出去。
成群的千鳥呼喚智惠子。
智、智、智、智、智——

斷然放棄人間買賣，
已走向天然彼方的智惠子
背影隱約可見。
二丁[4]之外的防風林夕陽中
我在松樹的花粉中久久佇立。

還有，〈人生難逢智惠子〉這首詩也歌詠著：

看智惠子看不見的，
聽她聽不見的。

去智惠子去不了之處，
做她做不到之事。

3 鳥叫的「吱」與「智」及「千」的日文發音相似。
4 丁為距離的單位。二丁約一〇九公尺。

智惠子不看現世的我，
爲我背後的我焦急。

智惠子如今拋開痛苦的重擔，
在無垠荒漠的美意識圈徘徊。

頻頻聽見呼喚我的聲音，
但智惠子已沒有人間的車票。

〈這首詩的第三段「不看現世的我」這句，令人想像智惠子不僅是C類，也擁有B類的要素，但是〈與千鳥嬉戲的智惠子〉是徹底的C類。〉

高村對於智惠子，寫過〈智惠子的半生〉這篇文章。其中，高村概略敘述他與智惠子的愛的半生如下。

他對她的前半生幾乎一無所知，經人介紹認識後，於大正三年結婚，智惠子生於東北的豪門之家，進入日本女子大學，對西畫產生興趣，畢業後也學習油畫，婚後仍繼續學習。

在大自然長大的她，一直無法適應東京粗俗的生活，曾經感嘆「東京沒有天空」。

智惠子「終於演變至精神出問題的更大原因，主要是她那猛烈的藝術追求，以及她對我的純眞愛情與打造的日常生活之間發生矛盾，令她苦惱吧。」——高村光太郎以一種鄭重的文體如此敘述。

然而，對方若非狂女，男人自己說出「她對我的純眞愛情」這種話，恐怕多少有點不合常理吧。

一般的男女關係，男方若說：

「她對我獻上純眞愛情……」

男人的朋友肯定會嗤之以鼻。

「純眞愛情」這種說法，不是男人這廂可以明確斷言的，首先，有何證據來證明？若說「她的肚子上有黑痣」，雖然要實際查證很困難，簡而言之，至少是一查就明白的事，可以作爲他一個人發現的眞實來說服旁人。但是「純眞愛情」

這種東西，與黑痣不同，肉眼看不見。

唯有在她已經死掉，或者變成瘋子時，人們才能姑且安心說出「她獻上純眞愛情」這種話。因爲死人無法爭辯，瘋女的說詞也無人當眞。於是只能相信對方那個男人的證言，雖然不甘不願，世人還是會相信。

大體上，高村光太郎的情況也是，他之所以能這樣斷言，而且自己也深信不疑，想必是在智惠子發狂後。

否則，很難說出這種決定性的說詞：

「我老婆其實是貞女。」

若有男人這樣告訴別人，可以肯定那個男人一定頭腦不好。當然，他的妻子或許的確是貞女，但從丈夫嘴裡這麼說出來，世人能做出的反應只有：

「噢？有什麼證據嗎？」

爲了確認是否貞女，只能殺死妻子或讓她發狂，這雖是不幸的想法，但「愛與所有」，好像多多少少必然會面臨這危險又絕對的問題。所以唐・荷塞非殺死心愛的卡門不可。

島尾敏雄《死之棘》的女主角，一直監視丈夫的外遇，最後在猜疑心與戒心的激發下瘋狂（當然想必也有身體因素），在她發瘋後，仍不斷譴責丈夫過去的罪行，堅決不肯相信丈夫現在的懺悔。

在丈夫看來，妻子既然這樣瘋狂，一天到晚譴責丈夫過去的不貞，因此在邏輯上，他可以公然宣言：

「我老婆其實是貞女。」

妻子一旦變成狂女，如此宣言也只顯得空虛，但是老實說，妻子沒發狂也沒死掉時，男人最好別抱太大自信，以爲可以完全抓住她的心。人心是靠不住的，這點在夫妻之間亦然。

——想到這裡，健康活著的妻子們，這世上大多數的妻子，或許都堪稱潛在的反貞女吧。

歡笑的妻子。

歌唱的妻子。

溫柔婉約的妻子。

尖酸刻薄的妻子。

美麗的妻子。

不管怎麼看都不美的妻子。

專心做家事帶小孩的妻子。

整天茫然盯著電視的妻子。……各種妻子，一切，想必都可稱爲反貞女。

正因是反貞女，所以才可能是健康、貪婪、滿腹牢騷、有時突然變溫柔、充滿魅力、活蹦亂跳、難以對付、還算可以忍耐的妻子。就算是再標準的貞女，變成狂人或死人還是不妙。

——話題好像扯到狂女的世界去了，所以應該已經說到底了吧。

我在這篇講義中，試圖以各種形式陳述「人只要活著絕不可能誠實，正因如此，人可以輕鬆活下去」的哲學。相信「絕對誠實」的人，他們的盲目與動脈硬化很可怕。我很想有點粗魯地替那種人按摩一下肩膀。感謝各位長達一年的聆聽，現在講師要趕緊回到反貞女等候的家裡了。

# 第一性

〈總論〉

# 男人皆英雄

大體上，結婚兩三年的女性聚在一起，似乎總是會做出「男人這種生物，很傻、很單純，是濫好人，簡而言之就是小孩！」這樣的結論。

而結婚十幾年的女性聚在一起，好像會異口同聲下這樣的結論：「男人這種生物，多多少少都是惡棍，又愛撒謊，不可不防，簡而言之充滿謎團。」

最後，已步入金婚的太太們聚在一起，表現倒是穩當多了，卻又回到一開始的結論：

「男人這種生物，很傻、很單純，是濫好人，簡而言之就是小孩。」

如此這般蓋棺定論。

大部分的女性，一輩子待在婚姻生活這個神聖的研究室，精密周到地研究唯一隻可憐的雄性動物，因此這些結論，堪稱相當科學。

但若仔細推敲這三種結論，第一種與第三種雖然說法完全一樣，卻可看出內容大不相同。第三種說法，唯有透過第二種說法才能達到。起初藉由相當膚淺的觀察感到「男人很傻、很單純，就是小孩」，最後卻是女性全身全靈的表現，除此之外別無其他的終極感想，才會說出「男人很傻、很單純，就是小孩」。

這是女性用一輩子得來的認識過程，但在我們男人看來，只能說：

「啐，妳們女人根本不懂。」

如果就這樣被輕易打發，男人豈不是毫無立場。

總之，男人非常了不起。

拜倫去支援希臘獨立戰爭（結果，他病死於戰場），在船上時，長年侍候他的忠心管家說：

「我眞不了解您的想法。如果待在國內，明明可以過著衣食無憂的生活，得到大筆金錢與名譽，受到女人與世間的追捧，快樂得不得了，爲何偏要去鄉下打仗自討苦吃呢？」

拜倫據說只回答了一句話：

「英雄的心事豈是僕人可懂。」

如今已是民主主義社會，無論去哪都沒有管家了，所以拜倫的這句話或許可換成：

「英雄的心事豈是妻子可懂。」

我這麼說，是以微觀的角度近距離觀察英雄的日常生活，並不是說妻子等於僕人，特此鄭重聲明。

男人一律是英雄。我身爲一個男人敢如此斷言。只是世間男人的錯誤，在於企圖讓女人認同自己的英雄表現。

上次有位美貌的時裝模特兒，連車帶人掉入壕溝後爬上車頂，自水深一米五之處大喊：

「救命啊！我不會游泳！」

頓時有三名英雄出現，爭先恐後跳進水裡想救她，不得不令人驚嘆這種騎士精神，居然能自十五世紀末的歐洲，直到二十世紀的日本，如此無遠弗屆地傳播。這三名男子無疑都是品性高潔，並非心懷不軌，也不是爲錢才救人，純粹是爲了證明自己是騎士英雄才下水救人。

騎士精神，是極有西洋人作風的狡滑發明。它確立了女性也可輕易理解的英雄形象。真正的英雄，對女性而言本該是最難理解的思想，騎士卻迎合女性，以電視劇的風格巧妙地調整。

在日本，這玩意並不成功。光源氏[1]從各種角度看來都不是英雄，近松[2]作品裡，殉情的男人們是真正的窩囊廢，沒有任何人符合女人心目中的英雄形象。所謂的英雄，從古代犧牲女性完成大業的日本武尊[3]，乃至於談到女人只知醉臥娼妓膝的幕末志士，對女性而言都是難以理解的人物。

女人摧毀英雄的例子，至今在拳擊世界仍可經常看到，某拳擊手對我說：

「那種人壞就壞在得到冠軍之後才識得女人滋味。而且還一下子有了三個女人，整個人被榨乾了。相較之下，我從十五歲就開葷了，所以在這點可以安心。」

這實在不像是尊敬女性的發言。

1 光源氏爲紫式部的作品《源氏物語》的主角。
2 近松門左衛門（1653-1725），江戸前期的人形淨琉璃、歌舞伎作者。
3 日本武尊傳說中天生擁有神力，平定古代國土，確立天皇家的國土支配體制，是代表日本的英雄。

說得露骨一點，女性原理對吾人而言永遠無法理解，男性原理對女性則是永遠的謎團。要理解英雄這個男性原理的象徵，女人只有靠女人的做法，就像從毛線織就的人偶身上某處，找到破綻抽出線頭，如果只從「笑咪咪的模樣很可愛」這樣的觀點看英雄，就如同從那個觀點把毛線抽出來，最後毛線人偶會四分五裂，變成一團毛線球。

男人很可憐，從小就在狂風暴雨中長大。飽受嘲笑與謾罵、批評，耗盡心神只怕成爲別人眼中的笑話。在男孩子的世界，第二性徵的發達與否關係著受尊敬的程度。

「媽的！誰怕誰！」

這是男孩子世界的最高原理，是成爲英雄必經的考驗。這種競爭心最幼稚的部分，即便長大後依然殘留。大體上，就像胸毛這種東西，每個女人對其喜惡不一，想必也有許多女人覺得胸毛還不如一把棕刷的價值，但是一般沒胸毛的男人，通常在內心暗羨有胸毛的男人。這已經不是受不受女人歡迎的問題，而是男孩世界的第二性徵熾烈競爭的後遺症，是英雄類型的幻想殘影。

哪怕只看胸毛，男性世界這種無意義的英雄鬥爭，在女人看來恐怕還是很愚蠢吧。競爭乳房大小也可如是觀，但女人對自己的毛病避而不談，逕自做出結論：

「男人很傻、很單純，是濫好人，簡而言之就是小孩。」

但是，請等一下。女人的乳房競爭純屬肉體領域的問題，男人愚昧的英雄遊戲，卻超越肉體領域，擴及精神世界，誠然根本動機幼稚，但延伸出去之後，甚至遍及全世界的政治、經濟、思想與藝術等一切英雄遊戲，是創造各種大哲學、大征服事業及大藝術的英雄遊戲。換言之，男人的腳步，遠比女人更不容易著地。「腳跟不著地（渾身飄飄然）」，正是男性的特權，也是一切光榮的根本。

# 男人的男子氣概

電影女明星經常談論所謂「理想的男性」，細看之下，她們開出的條件多半很模糊：

「身材高挑，運動型，有男子氣概的人。」

有男子氣概的男人，究竟是什麼樣的人？

運動型的人是否眞的有男子氣概，著實可疑，之前奧委會的種種糾紛，還不如女校的學生會乾脆。運動型男人聚集的團體，通常附帶小家子氣的虛榮心、名譽欲、競爭意識、嫉妒、彆扭、說壞話、互扯後腿，像業餘運動界這樣彆扭執拗的社會很罕見。職業選手因爲牽涉到金錢，所以應對進退還比較明朗。

至於「身材高挑」就有男子氣概嗎？不是因爲我身高五尺五寸才這麼說，但五尺七、八寸至六尺左右的人，不可能就荒謬地比五尺五寸的人更有男子氣概。

大體上如果看不良幫派，老大多半是臉色蒼白看似瘦弱的小矮子，六尺高的魁梧大漢向來都是小弟。

中生代的大型恐龍雷龍身高何止六尺，足有二十公尺，但腦袋異樣地小，這麼小的腦子不可能掌管全身運動，因此在脊椎骨的某部分，大約是後腿的腿根處，還有另一個腦子。

因此高頭大馬的人種，往往被視爲腦袋空空，腦漿長在屁股上，主要只掌管下半身的運動。我也是運動型的男人之一，所以絕非故意作對才這麼說。

不過，談到男子氣概，若排除肉眼看不見的氣質，單就外貌而言，倒也不難理解。的確有種長相很有男子氣概，也的確有些體格很有男子氣概。大明星三船敏郎及卻爾登．希斯頓[1]正是這樣的例子。

我不了解三船氏與希斯頓的私生活，但容貌或體格很有男子氣概的男人，一旦有了家庭，意外地，不是喜歡下廚做蛋包飯，就是對家計簿裡白蘿蔔與胡蘿蔔的價錢錙銖必較，爲了小事緊咬不放欺負妻子，或是高高興興地拿抹布擦地。正

1 卻爾登．希斯頓（Charlton Heston, 1923-2008），代表作爲《十誡》，曾以《賓漢》一片獲奧斯卡最佳男主角獎。

是所謂的「人不可貌相」。

令人驚訝的是，一旦撇開外貌，抽象考慮「男子氣概」的定義，其實很曖昧模糊，難以捉摸。

若說不拘小節就是男子氣概，倒也不能如此一概而論。

就算再怎麼不拘小節，如果連就在腳邊睡午覺的貓都沒發現，粗心大意地一腳踩扁，那只能稱之爲注意力散漫。

神經纖細，對所有的小事都留意在心，同時又能區分大小事，不會斤斤計較，這好像才是眞正的男子氣概。

如此說來所謂的男子氣概，似乎是「客觀性」乃至於「客觀的判斷」。那也可稱之爲「知性」，那麼，瘦巴巴的知識分子就有男子氣概嗎？這點也值得存疑。

凡事皆抱持旁觀者清的心態，自以爲是運動比賽的解說員，好像很內行似地做出「客觀的判斷」，自己卻什麼也不會，這樣算不上男子氣概。

如此說來，要有「男子氣概」，好像必須有支持客觀性的決斷力。但是，這可沒這麼容易，

「好，拼了！」

如此意氣昂揚的瞬間，男人會變得極度主觀，變得浪漫，變得多愁善感。不動腦筋，只知立刻採取行動的男人多半多愁善感，比女學生更愛做夢。

所以男子氣概若只是感傷主義，絲毫無法解決問題。

——大體上，「男子氣概」的概念，似乎是古代封建社會的產物。

男孩誕生。

爲國爲主子奉獻生命。

因此努力習武，率領部下，抱著隨時捨命的心理準備。

這是「男子氣概」簡單明瞭的內容，只要遵守這個，世人與自己皆可認同這就是男子氣概，也不會對男子氣概的定義有疑問。

在目的明確的社會，男子只用於戰爭，女子只用於繁衍子孫，所以男子氣概與女子氣質，分得清清楚楚。

但是，即便在近代社會這種目的不明確的社會，古老的「男子氣概」形象仍留在人們的腦中，因此事情就複雜了。

爲什麼?因爲女人漸漸注意作爲性對象的「男子氣概」，因此似乎造成混亂。

武士社會的男子氣概，男人只須立定志向，做荒野一匹狼努力習武就行了，不需要讓女人認同他的「男子氣概」。至於性對象，女人只要夢想歌舞伎演員那種文弱男子就行了。女性化的男人顯得更性感，男子氣概並不性感，而是更崇高之物。

可是，受到主要來自美國的影響，男人的男性化理想，與女人對於性對象的理想，漸漸接近。於是「男子氣概」這個名詞，好像變成「英勇的性魅力」這種意味。

不過，在日本，「男子氣概」還是保有相當大的非性愛意味的崇高。在日本和法國這種古老國家，帥哥仍留有文弱書生的殘影。文弱書生更性感的想法，依然留在女人的心中。

所以，男人一心不亂地琢磨男人味即可。至於勇猛、心思縝密、抱著孤劍對月吟嘯的「有男子氣概」的男人，在不受女人歡迎的情況下，想必只能每天早上擠在客滿的電車車廂裡，前往月薪低廉的工作地點。

# 男人的清潔

昔日舊制高中時代的宿舍之骯髒令人目瞪口呆，從不收拾的床鋪還算是好的，甚至有「寮雨」（從窗口撒尿）這種骯髒的習慣，因此在熟知男人只要放任不管必定不注重衛生的軍隊，生活規律相當嚴格，哪怕有一點點灰塵都會挨罵，所以兵舍很清潔。像這樣應該叫做「被強迫的清潔」，無法證明男人生來就是清潔的。俗話說「鰥夫會生蛆」，可見我們男人是因爲有女性的奉獻，才能勉強保持清潔。

而女性，誇獎「那位先生，給人的感覺眞的很清潔」時，好像的確有種人不管在衛生上多麼不潔，在長相、身材、說話方式、吃東西的方式乃至其他方面卻可以給人一種清潔感。我念中學時，也有個同學吃飯像貓一樣嘖嘖有聲，在他旁邊吃飯，總覺得很不衛生。這是與實際上的衛生毫不相干的「不潔」問題。

在此我就先撇開衛生觀念，針對「清潔的」男性，向女性讀者開示一番。

（一）**寫抒情詩的男人**——這種人乍看之下很清潔，是讓女性經常上當的類型。他彷彿總是在凝視遠方，故作木訥，行動文靜，時時憧憬高原或山野。這種人，實際上，可以視爲內衣不潔的人種。因爲他極度欲求不滿，總是拒絕現實的冷水浴，因此他那美麗的抒情詩，與他的體垢有密切關係。

（二）**法式趣味的男人**——戴著貝雷帽，對法國的東西一律熱愛，無論是法國文學、法國美術乃至香頌，只要提到法國就眼神大變的男人，爲了看起來不像俗物，偶爾會給人一種清潔感，但他潛意識喜歡法國的根本理由，或許是因爲他討厭洗澡。眾所周知，法國人是最沒有入浴習慣的民族。

（三）**忌諱性愛的小說家**——這種小說家，通常被稱爲「清潔的作家」，得到婦孺擁戴，但女人與小孩是僞善的，不喜歡看到女主角涉及不雅行動。可人生的眞相並不乾淨，尤其是作家，正因爲有大公無私的人性關懷，以及超越善惡的好奇心，才能稱爲作家，因此若有看似清潔的作家，首先認定那是冒牌貨絕不會錯。

（四）**老是以小孩當話題的男人**——不論是酒席或茶會，

「我家的小A也長大了。我如果沒看到他的笑臉就睡不著，所以就算晚歸，也會把他叫起來，因此還被我老婆罵呢。再沒有比小孩更可愛的了。」

老是拿孩子炫耀，講這種話的男人，會被譽爲居家好男人，比起自以爲是大情聖的不潔，往往更容易得到女性的好評。但這種男人，在根本上很猥褻，缺少性的羞恥心，才會表現出愛小孩的樣子。這不得不說也是一種不潔的男人。

（五）**說話像貴婦人的男人**——自以爲是斜陽族[1]，見面或道別時都要「問安」，以女性主義者自居，對女人動不動就用敬語，即便送禮，也會特別強調：

「那個您還中意嗎？」

無論多蠢的事都能以客氣的言詞表現的男人，挑動了某種想高攀的女人心，在完全不刺激女人「潔癖」這點，往往被視爲清潔的男人，但是這種人其實才是難纏的騙子，在金錢上手腳不乾淨，不講道義，是眞正不潔的存在。

（六）**熱中政治運動的男人**——這種男人不修邊幅，態度言行也很粗暴，眼中只有「理想」的光芒，以此騙得女人團團轉。這也是一種清潔的男人，基於女

1 斜陽族語出太宰治的代表作《斜陽》，指二次大戰後沒落的上流階級人士。

性特有的受虐狂，對女人不屑一顧，一心朝著男人的活動邁進的男人，往往被女人視爲正派清潔的男人。更何況，這種人不會成功發財，總是落魄潦倒過得很窮困，於是女人不惜獻上母愛（這種男人，在平林泰子的〈不毛〉這篇小說中，描寫得很詳盡）。但這種男人一旦沾上權力的邊，頓時不知會變成多麼不潔的男人，只能說是幻滅。

（七）**餐桌禮儀良好的男人**——讓他吃西餐，無人出乎其右。這種人就像上過漿的白餐巾。從菜單的挑選方式、葡萄酒的挑選方式、會話的挑選方式，無論哪一點都無從挑剔的男人，在外國司空見慣，在日本通常視爲相當缺乏野性的男人。這種優雅，在外國是日常普通的禮儀，在日本卻還算是一種花錢的教養，教養深及日常生活的男人，似有欠缺動物特性之虞。該是動物時卻無法好好成爲動物的人是不潔的。

（八）**充滿知性的小說家**——知性的代表是哲學家，對小說家而言，知性不是首要具備的條件。不過，小說家若是稍微顯露知性與教養，女人往往會認定這是清潔的男人。這裡面有種微妙的女性心理，比起破滅型只會拈花惹草、私生活糜爛的小說家，富於知性的小說家，比較不讓人害怕，更值得尊敬，而且被視爲清潔。但對這種小說家來說，知性是情色的代償，是全然污穢、全然巧妙隱藏的情色。

（九）**滿臉鬍渣的男人**——這可稱爲逆向操作的清潔人種，例如登山男就屬於這類。他們是浪漫主義派，愛撒嬌，隱約在逆向宣傳自己如果不借助女人之手就無法生活。即使不靠女人，照理說起碼也能刮鬍子，但女人看到這種男人，好像就會渴望親手照顧他，把他弄乾淨。但是不潔之物，就算再怎麼刷洗還是不潔，就像內褲無論洗多少遍，都不能當作防止感冒的口罩。

（十）**五十歲的獨身主義者**——這種人很有錢，一頭灰髮，全身上下都是英國製，襯衫天天換，笑容溫文，對話洗練，看起來遠比有家室的五十歲男人清潔，但這種人十之八九都是可怕的存在。

……

講到這種地步，好像事與願違，顯得所有的男人都可能不潔。那麼最後我就舉出唯一一個例外吧。

（十一）**洗衣店老闆**——這種人至少在職業上，肯定可以說是清潔的。

# 男人的體貼易感

常看婦女雜誌附贈的性讀本，內容刻意討好女讀者，聲稱女性的肉體複雜微妙、敏感易受傷，是玻璃工藝品般的高尚藝術品，所以男人必須小心對待。原來如此，女人的肉體或許如此。但若說女人的那顆心也是像玻璃藝品般的高尚藝術品？那恐怕不見得。

男人的肉體簡單明瞭，構造粗糙，一切都是為了實用性，結果外強中乾，平均壽命也不如女人，在生物學上也比女人弱，類似這樣的事實不斷被發現。

男人比女人強的，只有腕力與知性，沒有腕力與知性的男人，沒有任何地方勝過女人。就連知性本身，原本也不過是男人為了掩飾自己的感情弱點，不願輸給女人才發明的一種規則罷了。

說到男人心，那才是「複雜微妙、敏感易受傷，像玻璃工藝一樣的高尚藝術品」，但是無論哪本婦女雜誌的附錄，都沒有提到「因此女人必須小心對待男人」。只能說這世間未免太不公平。

封建時代的武士，基於男尊女卑處處耀武揚威，但他們會靠武術鍛鍊腕力，以四書五經培養知性。這一切，都是爲了不輸給女人，拼命磨練男人的長處。現在的年輕男人，整天只靠不需腕力的汽車駕駛，與不需知性的電視過日子，等於是親手打造出女尊男卑的社會。

某位太太，對於另一位到處跟人說她「聰明機靈」的太太抱著敵意。女人有種成見，除了被人說「漂亮」之外，通通視爲講壞話。因爲，男人被人說「聰明」只不過小事一樁，女人被誇獎「聰明」，肯定會認爲對方前面還省略了一句：「可惜不是美女」。

於是A太太偶爾遇見B太太時，有這樣一番對話。

「聽說妳到處跟人說我很機靈、很聰明是吧？」

「對，沒錯。因爲妳看起來眞的很聰明嘛。」

「謝謝。不過像我這種人，是大愚若智，妳這種人，才是眞正的大智若愚。我才羨慕妳呢。」

這是典型的女人對話。這裡沒有一丁點體貼他人的顧慮。

與此相較或許不適當，但記載松永安左衛門[1]言行錄的《耳庵先生色之道》這本書中，提到他心愛的茶室池畔亭失火時，兒子前去報告。

「今天有什麼事嗎？」

「對，有點小問題。」

「什麼問題？」

「池畔亭燒毀了。」

「是嗎？沒給大家帶來麻煩吧？」

「還好。」

「真沒辦法，事後再種點樹吧。」

這是典型的男人對話，是體貼顧慮的精髓。

安左衛門翁並非不惋惜燒毀的茶室。但是，聽到失火，比起自己的損失，他首先想到的是有無給別人帶來麻煩。他會替人著想。男人的體貼，因此可說是一種社會訓練的結果。

這麼說，或許立刻有女權擴張論的大嬸們要抗議，說女人沒得到社會訓練都是因爲被男人整天關在家裡，但從「六、三、三學制」的校園生活也沒能學到「社會」的女人，就算之後再怎麼歷經社會學習，品味還是不一樣。

男性友人之間會說，

「你這混蛋，想幹嘛？」

「閉嘴，輕浮小子！」

這是因爲彼此有鬥嘴的交情懂得互相體貼，雖然嘴上罵得凶，卻小心不碰觸彼此的禁忌。

「混蛋」還好，對方若是私生子，「野種」這個字眼絕對不會說出口。「輕浮小子」可以說，對方若是戴綠帽的丈夫，絕不會說出「龜公」二字。因爲他們知道一旦說出口，一切就完了。

拿我自己來說吧，與作家石川淳[2]老師初次見面時，一同喝酒三十分鐘的期間，就被喊了三十次「你這混蛋。三島你這混蛋！」

我立刻知道這是帶著關愛的喊法。

---

1 松永安左衛門（1875-1971），企業家，生於長崎。創辦九州水力電氣·東部電力。

2 石川淳（1899-1987），日本小說家、作家，受到如太宰治等無賴派作家的歡迎。

不懂得體諒的對話，就像小孩子鬥嘴，揪住跛腳的小孩嚷嚷：「喂，跛子！」

女人的對話，經常在無意識中觸犯對方的禁忌，比方說，坦然自若地對著當過藝伎的某家太太說：

「我一直在歐洲各地遊走，那邊的人，就是分不出藝伎與娼妓的區別。」

事後還要私下說人家壞話：

「那位太太，自卑得莫名其妙，很難交往。枉費我開誠布公不把她當外人說話。」

所以戲曲的對話，如果沒有女人出現就很無趣。男人就是說不出這麼勇敢的對話。

Delicacy這個英文字，譯成「體貼」，我認爲最貼切。暴君丈夫只會欺負妻子，惹哭小孩，浪費金錢，成天酗酒，亂搞女人……看起來樣樣不體貼。但這種男人，其實非常軟弱，往往是因爲自己抵抗自己的「體貼」，才會變成這樣。如實描寫出這類人物的，就是太宰治的小說〈櫻桃〉。

男人經常敗給「體貼」。爲此心中暗叫不妙，採取叛逆行動，弄得無法回頭。於是變成「女性公敵」。

動不動就因爲一點小小的感情糾紛受傷，當下就想開溜，這也是男人的特性，妻子越愛吃醋，做丈夫的就越花心，並不是因爲不懂妻子的心情，而是受不了妻子觸犯自己的禁忌。簡而言之，他憧憬的是：

體貼的世界。

爲人著想的世界。

裝作視而不見的世界。

但這種東西只有男人的世界才有。之所以會夢想男女之間有那種樂園，是因爲他不知世間險惡，所以這種男人，到死都是繫著圍兜的浪漫主義者。

談到這裡，浪漫主義運動是男人發起的，感傷的想法、想死的念頭、脆弱易感的心，這些全都起自男人的告白，可是曾幾何時，卻已被女人用來當作自己的化妝品。

# 男人是被愛型

小說家北原武夫[1]氏是女性及戀愛心理方面的權威，他近來的短篇小說〈雅歌〉，就是描寫男女心理奧妙的小傑作。

因此，我很相信北原氏說的話，距今十五年前，某場座談會結束後（我很同情各位讀者，因爲任何座談會，都是速記結束後的題外話更有趣數倍），聊到男女的關係，北原氏突然一口斷定：

「女人是愛人的，男人是被愛的。」

我至今還記得這種事，是因爲北原的說法實在太違反常識，令人太震驚，所以我當時噘起嘴提出種種反駁，但他只用一句話打發我：

「將來總有一天你也會明白。」

當時的我，想必是認爲那只是北原氏這種花花公子的個人偏見，不可能套用在一般人身上，所以我有點吃不到葡萄說葡萄酸的心理，才會如此反彈。

可是，過了三十歲後，我果然漸漸明白那句話。倒也不是過了三十歲後開始走桃花運，那與桃花運無關，我只是單純地明白了。是怎麼明白，我不太會解釋，總之就是明白了。

大抵上，

「男人是愛人的，女人是被愛的。」

這個世間一般的常識，究竟從何而來？似乎是根據最初的求愛形式與性愛機能，做出表面上的判斷。大抵上在這二點，男人的確天生積極。

但是，說到「積極」，那與「去愛」是不同的。先採取主動，和「去愛」是兩碼事。這裡的區別，不能光靠世間淺薄的判斷。進而，說到被愛型的男人，我們通常會立刻想到軟趴趴的弱雞型，所以自認很男性化的男人，自然格外不能認同北原這種說法，其實越男性化的男人才越適合這個說法。

若是看過文樂的人偶劇，應該會馬上發現，深閨中的千金小姐，脫口說出嚇

1 北原武夫（1907-1973），日本小說家、文學評論家，作品多為通俗的心理小說。

人的話：

「只要一次也好，我想與你睡覺。」

男方則是呑呑吐吐，支支吾吾，以曖昧不明的態度堅持採取守勢。

根據文樂研究家的意見，這是爲了讓受歡迎的女人偶更活躍，刻意違反自然的創作技巧，但這種說法總覺得是學者以管窺豹，其實，是因爲通曉事理的淨琉璃作者，深諳男女關係的寫實主義吧。

電影主角也是，看起來異常強大、充滿正義感、活躍於螢幕上的男人，可沒空和女人愛得死去活來，爲之煩惱苦悶。他們多半會直接被絕世美女愛上，二人要好，就此收場。這種情節，大家看了會想是因爲主角長得帥才被女人愛，但這其實是男人最基本的、原則的、理想的形式。男人的夢想，就是大鬧一場，被當成英雄，而且還能被美女愛上，那就是一百分，很少再有更多的欲望。

歌舞伎的殉情戲碼也是，比起因爲深愛女人才殉情，男人往往是因金錢問題弄得動彈不得，又被可愛女人的眞心牽絆，心想：「唉，死了算了！」於是才攜手一同殉情，這種描寫男人被動心理的戲碼顯然更多。

換言之，電影的強大主角是成功男性，歌舞伎的弱小帥哥是失敗男性，但二者，在愛情方面都是被動型。

追著一個女人不放，一心獻上純情的男人，非常稚嫩無謀，不是被常識的「愛」的觀念束縛，再不然就是像大鼻子情聖西哈諾一樣爲大鼻子苦惱，懷有嚴重的自卑感。此外，不顧對方感受，只知死纏爛打的愛情，多半被看穿是自卑感的產物，只會讓對方更嫌棄。我在某篇小說中，曾經寫過一個青年反過來利用內翻足這個殘疾，不斷吸引女人上勾，非常自戀，他克服了自卑感，因此在女人身上也成功了。

愛需要空閒與用心，以及莫大的精力，男人如果沒有空閒，心有旁騖，而且精力大部分都花在工作上，這樣難以稱爲「愛」的適任者。無奈之下，養成了用金錢這個最省事的方法來代替愛，越忙的男人，越會用錢來示愛。忙碌的政治家與企業家，把花錢包養的女人稱爲「愛人」。沒錢的年輕男人，則用肉體。……這就是男人的「愛」赤裸裸的眞相，但年輕男人多半無法區分心意與觀念，因此受到西方浪漫的戀愛思想的影響，用腦袋談戀愛，往往認定：

「我把聖潔的愛獻給她。」

他還沒有領會人生的眞相：身爲男人，只要默默挺立，肯定會有女人來愛他。這種男人，一旦發現這個眞相，就會變成難纏的花花公子。

男人在愛情方面不是專家，一律都很盲目，很愚蠢。男人在愛情方面尙停留在猿猴的層次，所以只能等著被愛。而男人被愛的樣子，頗有穿上背心的愛犬之趣。狗其實不懂爲什麼要給牠穿上這種東西（換言之並不懂愛情本身的意義），但至少懂得這樣被愛的舒服感。

在那種舒服感中，他會勇氣百倍地努力工作，拼命賺錢，那些錢，到頭來是爲了女人，進而爲了妻子、小孩而消費，最後不是得癌症，就是腦溢血猝死。這就是男人，簡單明瞭，又有點可笑的一生。

但是，女人不同。女人會主動去愛。去愛，猛烈地愛。縱使明知對方的愛是虛假的，但她認爲自己有愛的權利，所以毫不顧忌。就算對方冷酷地說什麼「打從一開始就不愛妳」，也沒必要認眞當回事。只要把那個當成謊話就行了，更何況，不管對方的感受如何，對方「被愛」是事實，她比任何人更清楚這個事實。因爲，付出愛的正是她。

對於遭到花心的軍人欺騙，男人走後還不停寫情書，直到最後仍不停止去愛的葡萄牙修女，奧地利詩人里爾克[2]說：

「她藉由去愛，穿過愛的對象，已步入廣大的愛的原野。」
這應該算是至理名言。男人絕對做不出這種事。

2 里爾克（Rainer Maria Rilke, 1875-1926），歐洲頹廢派德語創作詩人。

# 男人的感傷主義

我為了消滅自己內心的感傷主義費盡辛苦。因為感傷主義對小說家與外科醫生是大忌。這種如霧似靄的東西，往往扭曲對事物的看法，而且，會影響手下成果。但是，男人天生就有感傷主義，因此即便自認為已完全釐清心緒，在別的地方，還是會以奇妙的狀態留存。

大體上，會說「我是無情男人」的人，往往才是多愁善感的人，只要看這種人，被人批評「無情」時是多麼開心就知道。若是真正無情的男人，聽到別人罵他無情應該不會高興吧。

但男人的感傷主義，與女學生那種尋找四片葉子的幸運草，或是夕陽下的山丘、河岸邊的月見草之類的浪漫玩意沒有太大關係。

以前藝術戲院上演描寫海軍士兵學校的戲劇時，我有個海兵學校畢業的朋友去看了三次，每次都把手帕弄得濕答答地回來。那齣戲雖然的確有很多感人的場面，但是對於非海兵校友的人來說，我想應該不是那麼容易落淚的戲。

可見感傷主義當然是主觀的，沒有說服第三者的力量，因此小說家不得不警戒在心。但世人有百分之九十九都不必寫什麼小說，因此難免會被意外的男人晃著感傷主義的尾巴（自己毫無所覺）給嚇到。雖說現代標榜效率不講情面，午休時間在皇居前廣場上散步的年輕上班族諸君，可以想見多半也以各種不同的形式晃蕩著「傷感的尾巴」。

浪花節[1]在現代已式微，同時，現代青年的不幸，就是能夠立時激發男人感傷情懷的女性也已難得一見。戰時女學生的千人針[2]，倒是曾經大大地激發那種情懷。

就某種意味而言，感傷主義是男人工作的原動力，

「若是公事，說什麼都能忍。獨自看家雖然寂寞，這種時刻，只要一再重讀

1 江戶末期，受講經、祭文的影響，在大阪出現的一種說書表演。在三弦琴伴奏下單獨表演，多半以人情義理為主題。

2 在一塊布上，由一千名女性以紅線刺繡，送給出征的士兵祈求平安與勝利。

以前你寫給我的信，我就會覺得你一直在我身邊，再也不寂寞了。」

聽到女人這麼說，男人的鼻腔深處頓時一酸，工作也比旁人加倍賣力，

「什麼狗屁工作，八成又是藉口，其實你是和狐朋狗友鬼混吧。丟下我一個人，只會去拈花惹草。」

若是經常被這樣罵得狗血淋頭，男人會失去工作的原動力。操縱男性的最高祕訣，就是緊緊捏住男人的感傷主義，奇怪的是，任何戀愛讀本居然都沒提到這一點。

不過麻煩的是，男性發揮感傷主義的對象，不只限於戀人或妻子。

多少體驗過軍隊生活或有類似經驗的男人，對喇叭聲完全無力招架。熄燈號的哀切旋律，進行曲的雄壯激昂，沒有哪個男人聽了不感動。雖不知為什麼，但就是這樣。

待過運動社團的人，比賽落敗時，或者得到意外的壓倒性勝利時，一輩子都無法忘懷當時相擁而泣的回憶。任何男人，都在意外的地方有哭點。

就像流行歌，莫名喜愛「苦情歌」的毋寧是男性。

「此地離國數百里～」之類的軍歌〈戰友〉，正是男性感傷主義的極致。

如此看來，男人的感傷主義，顯然與日常平凡的和平主義無緣。和平主義這個字眼，總讓人感到特別女性化，正是這種反向的表徵。男人在家庭及廚房裡、搖籃旁變得感傷時，多半是因爲有不得已的苦衷必須離開那些地方。

即便就起源看來也是，感傷主義這個名詞，是十八世紀英國的流行用語，就像在日本，「踉蹌[3]」因爲某位奇怪的小說家在小說中用了這個名詞而風行一時，前者同樣也是因〈感傷之旅〉（Sentimental Journey）這篇小說而開始流行。

像英國人這種男性好戰民族，以及德國人這種尚武民族，一樣也有感傷主義普及。甚至有人說，嘲諷在法國的普及度，與感傷主義在英國的普及度不相上下。

因此，男人的感傷主義，如果放任不管，不知會有什麼下場。懷著感傷的心情拿起槍，感傷地上戰場，感傷死去的男人不在少數。

感情用事地動粗，感情用事地砸破店面玻璃，拿啤酒瓶敲別人腦袋的例子不

3 語出三島由紀夫於一九五七年出版的小說《美德的徘徊》。該書之單行本與同名電影於該年同步發行。

勝枚舉。如果有人以爲暴力只會在施虐狂身上發作，那眞是天眞得可喜可賀。

納粹之所以如此成功，就是因爲點燃了德國人的感傷主義。

昨天，我也在報上看到，輔導少年的人說：「在追求純情的渴望中，看到更生的希望。」

「純情」這個說法很特別，若說一般少年犯罪都是因爲「純情」，亦即感傷主義而發生也不爲過。

自殺也一樣，最近看電影雜誌的讀者投書，有一個迷戀詹姆斯・狄恩的少年聳動地聲稱：

「每次想到狄恩，我也想那樣死掉，非常嚮往，所以我最近買了電單車。」

做父母的如果看到這種投書，八成會昏倒。

在戰爭的時代，強大，指的是野蠻與勇敢。但在和平時代，強大，指的是聰明理智。和平時代的生存競爭中，冷漠的男人獲勝率較高。

那更加令溫暖多情的男人鬧彆扭，自暴自棄，沉溺於感傷情懷。

「那讓人很想哭耶。」

最近男人也經常用這種說法。

這種說法半帶輕蔑，半帶自嘲，是男人承認自己內心沒出息的男人特質時用的暗號。

對著女人，即便說「那讓人很想哭」也往往不管用。

「拜託，那種東西笑死人了。」

她們會如是說。

她們的眼淚，多半是美麗的同情之淚。而同情與感傷主義，說不定是敵人。

# 男人多怪胎

不久前，我聽某位演員訴說一個故事，他的朋友（同樣也是演員），因肺結核長期在家療養，他特地去探病。故事就是在那時發生的。

朋友的病情嚴重，只能在床上勉強坐起，見他來探視非常高興。到此爲止還很尋常，有人來探望，病人通常的反應就是高興。

閒聊一陣後，他心想不能讓病人太累，於是準備告辭。這時，病人邊咳邊挽留他，說道：

「你難得來我這裡，也沒準備禮物讓你帶走……」

「不，我是來看你的，不需要禮物。」

「不不不，你千萬別這麼說。你難得來我卻沒準備禮物，不過最近我在收集喜歡的東西，你看其中喜歡哪個就帶走吧。」

他心想朋友大概是要給他看收藏的郵票，於是默默等候，只見病人氣喘吁吁，從旁邊的架子搬下一個大型桐木箱子。把箱子放到他面前，緩緩打開蓋子給他看的，是一整箱用過的針筒！

他悚然一驚，也不敢仔細端詳便匆匆離去。

——這個病人肯定是怪人。但這個故事的要點在於病人是男的，若是女的，感受肯定大不相同。

女人的可怕，就像妖魔鬼怪，說到鬼，在日本通常想到的是長髮女子，若將前述故事的主角換成女病人，就會失去這個故事裡的「黑色幽默」，變成普通的怪談了。

在前述故事中，包含了男人的種種要素，幽默與收藏癖以及講義氣的友情，那每一項單獨看來都沒什麼奇怪的，但生病與針筒的密切關係，替故事添加了淒厲的驚心感。如果，這換成男人常見的收集癖代表——汽車模型或手槍，故事想必會明朗許多。

如果看過《阿拉伯的勞倫斯》[1]這齣可怕的偶像破壞電影，想必就知道，那

1.《阿拉伯的勞倫斯》描述一戰時期，英軍勞倫斯協助阿拉伯起義、對抗鄂圖曼土耳其帝國的故事。

部片子從頭到尾，都在試圖證明英雄勞倫斯是多麼怪異的人。

開頭第一幕，勞倫斯用手指拈熄火柴。部下有個黑人士兵模仿他這麼做，當下跳腳尖叫：「好燙！」勞倫斯看了，邊笑邊說出禪僧般的發言：

「你覺得不燙就一點也不燙了。」

若說女人之中就少有怪胎，倒也未必，但「怪胎」這個字眼的幽默感，還是屬於男性。

說到我友人之中的頭號怪胎，想必還是舞蹈家土方巽[2]。他那前衛舞蹈的獨演，給人的震撼自然不用說，就連平時交談，他也會一本正經地說出驚人的發言。

「三島先生，我可以穿過一公尺厚的水泥牆。」

「你說可以穿牆而過，那是指一種可能性，還是你確實曾經做過？」

「哎，我曾經穿牆而過。」

我驚愕得差點跳起來。

「真的嗎？」我問道。

他坦然自若，

「眞的。」

「那我一定要見識一下，請在我面前表演一次。看要選哪一天，你說個日子吧。」

性急的我立刻取出行事曆，但我突然想再問清楚一點，

「那麼，你穿牆而過時，有人旁觀嗎？」

「我是在戶外做的，看到的人很多。」

「那些人的確看到你穿過一公尺厚的牆壁嗎？」

「對，千眞萬確。」

（這麼轟動的事件報紙怎會沒提到？）

「那你是怎麼穿過去的？」

「先在牆壁這頭放一張椅子，坐在上面，定睛凝視牆壁。漸漸眼中再也看不見牆，驀然回神時，人已和椅子一起到了牆壁另一邊。」

「觀眾在哪裡？」

2 土方巽（1928-1986），日本舞蹈家。創立「舞踏」，追求肉體之上的心靈解放和自由。舞踏的舞者通常全身赤裸並塗滿白粉，表演中常包含吶喊、扭曲、匍匐、蟹足等元素。

「在可以看見牆壁兩邊的位置。」

「那麼，觀眾看到你在穿牆時的樣子囉？」

「是的。的確應該是這麼感受到。」

「感受到？」

「對，也就是說，我坐在牆壁這邊的椅子上冥想，在無意識中起立，拿著椅子，經過牆壁與觀眾之間，繞到另一邊，又把椅子在那邊放好。」

「如此說來，牆壁與觀眾的位置呈直角？」

「是的。」

「也就是說，你不是穿牆而過，只是繞過牆壁，走到另一邊而已嘛？」

「對。」

我瞠目結舌，但這顯然是我輸了。看著他宛如日本版光頭影帝尤勃連納[3]的妖僧姿態，首先，當我思忖「若是他，說不定真的可以穿過厚達一公尺的牆壁」時，我就已輸了。

怪胎之所以是怪胎，就在其無償性。向世人炫奇，企圖藉此獲利的同輩，是街頭賣藝的江湖術士，不是怪胎。

女人一律很現實，就功利考量如果毫無意義甚至有負面效果的話，她們很少會去碰。至於怪胎男，藉由自己頑固的怪癖，在世間老是吃虧。明知若要混社會，圓滑一點，不給任何人留下古怪印象肯定比較有利，但怪胎男只要在某個場合被人批評：

「你每天帶青蛙到辦公室來，如果不改掉這種怪癖，從明天起就不用來上班了。」

他會欣然爲寵物蛙放棄公司的工作。

就常識思考，一隻青蛙與一輩子的職業，孰輕孰重應該比都不用比，但在這個男人的心中天秤，青蛙的分量似乎更重。而且關於青蛙爲何如此重要，他恐怕也無法解釋。

其實，男人賭上性命的「理想」，多半類似這青蛙。就這點而言，怪胎與理想家，往往等於一枚銅板的兩面。二者，對於無法解釋的事物、旁觀者看來毫無意義的事物，都會頑固地忠心到底。

3 尤勃連納（Yul Brynner, 1920-1985），俄裔美籍男演員，代表作有《十誡》、《國王與我》。

怪胎不見得都是英雄、天才或偉人，但至少男人之中「怪胎」的要素，堪稱英雄、天才與偉人的嫩芽。

# 男人討厭購物

如果只說「男人討厭購物」，鐵定有人抗議例外太多了。在現代消費社會，只要有錢，人人都會購物，況且男人若都討厭購物，不說別的，首先賣玩具槍的和男裝店就要通通失業了。

即便如此，討厭購物的男人的確不在少數。

有名的政治家之中，就有人自豪：

「我的衣服和領帶都是交給內人打理，我從來不曾自己買過。」

像這種人不可能被選爲最佳服裝，但至少說他討厭購物絕對不假。他或許喜歡買手提包給藝伎，但那不是替自己買的，所以不列入愛購物的範疇。

換言之，「購物」這件事本身，那種令人陶醉的快感——耗時耗力，哪怕最後只是瀏覽櫥窗空手而歸，還是可以嘗到「去購物」的純粹樂趣——男人天生就不懂。這麼說，想必有很多人點頭同意。那好像是女人才懂的樂趣。

像我這種都市小孩一概皆是如此，從小就爲女人的購物苦惱。不知有多少次被迫陪祖母去和服店，度過無聊得要死的時光。稍大一點後，基於「男孩子有力氣所以去幫忙拎東西」又要陪母親上街採購。這點，日本社會自戰前就深受美國影響，傳統的日本風俗絕非如此。我的前輩之中某大大名[1]的後代繼承人，求學時代，無論再小再輕的行李都不用自己拿，自己總是兩手空空，身後跟著管家雙手捧著小包袱亦步亦趨。哪像我，是中產階級的美式民主作風養大的，所以至今仍習慣替老婆拎所有的購物袋。

我死也不願陪女人購物，但領帶必定自己去買。女人挑選的領帶，我絕對不用。因爲我堅信，女人先天就缺乏對領帶這種東西的感覺。哪怕是最愛的戀人送的領帶，我也只會掛在衣櫥深處。

爲女人購物所苦不只是在日本的經驗，我在紐約也曾陪美國大嬸去第五大道，做出讓店員拿出幾十雙高跟鞋，費了二個小時，最後一雙也沒買就離開的壯舉，讓我丟臉得想死。

因此，或許也可說我對一般購物抱有偏見。

我天生只要進百貨公司就渾身不舒服，基於家庭道義，不得不陪同。光看那成堆的貨品，及滿腦子瘋狂購買欲的人們，我只想趕快買完東西逃走。但是買東西時若一直在意時間，就女性純粹的購物之道看來，好像是邪門歪道且罪大惡極。照女人的說法，女人購物的樂趣，似乎等同男人喝酒的樂趣。的確，若一直在意時間，喝起酒來也不香。

以前夏目漱石曾問某個立志當小說家的男人：

「你在街上走時會看櫥窗展示（show window，當時應該還沒這種說法吧）嗎？」

「不，不會。」

夏目漱石聽到這個回答，立刻斷定：

「那不行。你當不了小說家。」

這是很有名的逸事，我身爲一介小說家，好歹也盡量瀏覽櫥窗，但我不覺得小說因此就寫得比較好。漱石並不是建議他購物，想必只是在強調對一般世情必

1 江戶時代將軍麾下的武士。俸祿十萬石以上稱大大名，五萬石以上稱大名，五萬石以下稱小大名。

須抱有好奇心吧。

話說，男人爲何通常不愛購物呢？是因爲不懂女人喜歡的那種純粹的、不顧時間場合、幾乎毫無目的、心醉神迷的、購物的陶醉心情嗎？

**第一**，是因爲男人的直達目的主義。男人大多很清楚自己想要什麼。而且，如果不清楚就會很不安。買下自己想要的東西需要一筆錢，只要有那筆錢，目的物與金錢可以在最短的距離、最短的時間內結合。因此他會一陣風似地衝進店裡，大喊一聲：

「我要搭機用的旅行箱！」

然後隨手拽住身邊的一個，遞上錢，轉身飛奔而出。

**第二**，是因爲男人少有實利主義。男人通常把欲望乃至必要與金錢直接連在一起，一旦覺得「想要！」或「有必要！」只要自己有足夠的錢買下那個，明知改去二流鬧市便可便宜買到，還是會當場立刻掏腰包購買。說來男人買東西經常花冤枉錢。

捨不得買一千圓的廉價鞋子，在酒吧消費三千圓卻面不改色的男性心理，女人似乎永遠搞不懂。在A店慢慢看貨色，順便又去B店、C店、D店比較價錢，

最後判定A店可以用最便宜的價錢買到好東西，於是又回到A店「聰明購物」的男人，幾乎找不出幾個。那一方面也是因爲，

**第三**，男人工作太忙沒時間。

不過，喝酒、看電視播映拳擊賽的時間倒是很多，因此在男人心裡，顯然沒把購物納入人生值得花費時間的項目。

**第四**，是因爲男人莫名其妙的虛榮心太強。

男人對於「那小子花錢很阿莎力」這種評價異常在乎，越沒錢的男人，越會揮霍。其中，多半是花在人際關係上，請吃飯、喝酒、送禮，因此無暇再替自己買東西。尤其這種男人明明手頭拮据，卻偏要突然買昂貴的首飾給妻子，

「這麼貴的東西太浪費了啦。」

如果妻子這麼說，

「妳不懂我的心嗎？」

他還會如此生悶氣。

**第五**，男人無暇擁有購物最大的要素——刺激、競爭心、嫉妒心、鬥爭欲。

男人平常就已在工作場所消耗這些情緒了，所以沒有餘力再發揮在購物上。

因此，不會產生「A先生的領帶很好看，我也要」這種念頭，也不會產生「B先生買冰箱了，我也要」的心態，更不會湧現「不能被今年的流行淘汰」這種鬥志，也不會心如小鹿亂撞地想著「我喜歡的袖扣不知有沒有」，更沒有多餘的力氣去百貨公司的特賣場，抱著拼死糾纏到底的精神，展開橄欖球賽般的激烈大戰。

# 何謂男人的性感

我常有機會看舞台劇排演，撇開演員的演技優劣不談，倒是聽過「那個演員就是沒有男人的性感」這種說法。

究竟什麼是男人的性感？說到性感好像與肉體有關，但再怎麼練出壯碩肌肉，健美先生與職業摔角手也很少被人用「性感」來形容。

可是話說回來，像戲劇的男扮女角那樣，即使被誇獎「很性感」也是「女人的性感」這種技藝上的讚美，好像與男人本身的性感是兩回事。

但是對以前的女人來說，男人的女性化部分似乎大大發揮了性魅力，甚至傳說明治時代反串女角的男旦，連他泡過的洗澡水都有女人爭相購買。這個傳統，一直延續到古裝劇的電影世界，說到古裝劇的電影明星，英俊的大明星通常都有反串女角的經驗。這裡有一個贏得人氣的祕密，形象特別陽剛的男人，如果以強悍的劍客身分登場，雖然也有像三船敏郎那樣受歡迎的男主角，卻與「男人的性感」無緣。反而是那種多少有點女性化的柔弱男子，如果身分其實是無敵劍客，會形成一種強烈對比的意趣，成爲帥哥的人氣來源。女人似乎在他身上，不但看到男人特有的魅力，也看到自己這種女人的反映，有種奇妙的自戀情結。

很久以前，我去京都的片廠玩，曾被引見給大明星長谷川一夫氏。當時他穿著錢形平次[1]之類的戲服，坐在攝影棚入口的椅子上，邊曬太陽邊看劇本。

製作人介紹我之後，他不發一語，從劇本抬起頭，就這麼坐著，只以目光打招呼。

諸位也知道，他有一雙電眼，那水汪汪彷彿在做夢的大眼睛，稍微這麼往旁一動，伴隨似有若無的微笑，朝我的臉上倏然飄來。後來我也和這位製作人多次提起當時的事，當時的印象簡直是壓倒性的，我清楚醒悟到，人家都說長谷川氏以那雙美目秒殺老少觀眾，想必就是這個意思吧。他那雙電眼眞眞是「男人的性感」極致。

但是，若說只有這樣才算是「男人的性感」，倒也不盡然。演員的這種性感，是職業所需刻意磨練出來的，一般男人無意識中散發出來的性感，顯然又是另一回事。

男性上班族，自有上班族的性感；醫生自有醫生的性感，「男人的性感」似乎與職業有無法割捨的關係。但是話說回來，就算像一般所謂的那樣，聲稱「認眞工作時的男人最有魅力」，若是癩蛤蟆似的男人熱中工作的樣子，也不可能產生性感。這點似乎是「男人的性感」微妙之處。

男人的性感，就某種角度而言，和女人的性感一樣，或許與歷史及傳統產生的「久遠的美學意識」有關。那或許是男人該有的樣貌、男人該有的生活、是對純粹男性的幻想。有些女人覺得和尚的光頭很性感，想必就是因爲對禪寺純男性的生活抱有幻想。如今保存的傳統服裝，例如能劇素謠[2]表演者穿的黑色徽紋和服及仙台平[3]褲裝，劍道的練習服與褲子，皆是在男性威嚴之外也帶有性感。我就聽過很多美國女人說穿黑色徽紋和服的日本男性很迷人。這顯然與演員的性感

1 野村胡堂的小說系列作《錢形平次捕物控》的主角。江戶的捕快。
2 沒有伴奏與舞蹈，只是單純吟唱謠曲。
3 仙台地區生產的絲綢製成的男用褲裝。

大不相同。

上班族也一樣，把漿挺的雪白襯衫的袖子隨意捲起，認眞工作的樣子，被視爲男人的性感，可是短袖襯衫流行後，那就完了。性感似乎要求的是稍微脫離時代的、古典的東西。

但是，說是古典，舊式及膝大內褲那種古典，只會惹來女性斥罵「一點也不性感」。不過因爲大內褲不性感就改穿起七彩四角褲的男人，顯然更不性感。男人的內褲絕對必須是純白的。

在男人的時尚方面，現代日本人好像就是不懂如何搭配華麗的色彩。越用華麗色彩，往往越顯得不性感。某位年輕的美國小說家，身上穿的全是典雅的英國風三件式西裝，是個神色傲慢的男人，某日，當我目睹他在深色西裝外披著大紅的雙排扣大衣走在街頭時，不禁大吃一驚。因爲實在太好看，讓人感到一種藝術家特有的性感。

但是，日本男人好像還是穿傳統的黑白色系或暗色系較性感。那與男人的莊嚴、清潔、悲壯感有關，所以如果就這點仔細思考，男人的性感本質，或許來自過去男尊女卑的時代，男人不讓女人接近的純潔，以及把女人看得低一等的男性威嚴，乃至這種社會的性壓抑。那和女人的性感來自壓抑是同樣的道理。因此，在性方面完全解放的花花公子身上，不會產生這種男性的性感，花花公子只會產生另一種異樣黏糊的性感。

花街柳巷及酒吧的女子口中「A先生很性感」的性感，是後者這種性感。

如此大略區分下，男人的性感，顯然可分爲二種：

（一）禁欲式的男性性感。

（二）嘻皮笑臉的花花公子式性感。

女性讀者要選哪一種，是諸位的自由，但（二）難以稱之爲男性本質的性感。因爲一旦沒有壓抑，就很難出現性的純粹幻想，會出現中性化的傾向。

將來，性完全解放的時代如果來臨，男人的性感與女人的性感想必都會完全消失。但只要有職業這種東西在，就會對男人以某種形式造成性的壓抑。各位不妨想想看。在銀行的辦公桌後面，是否可以在上班期間發生性行爲。

如果有哪個男人沒有職業，只有錢，在性方面完全自由，那想必堪稱最不性感的男人。所謂的花花公子，就是指這種男人。

## 男人的領悟

不久前，我聽某位在日本還屬於新興行業的精神分析醫師說，有位七十五歲的美國老紳士，拿著美國某位著名的精神分析醫師的介紹信來找他。

據老紳士表示，他自年輕時就秉持清教徒的精神潔身自愛，除了妻子沒別的女人，也不會吃喝玩樂，辛苦累積出今天的地位與財富。不料，隨著漸漸年老，循規蹈矩的一生竟令他萬分後悔，他受不了這輩子只守著老妻一個人的人生，開始不停地想：

「唉，當初要是多玩一玩就好了。」

他的腦中只有這個念頭，最後甚至無心工作。他心想這可不妙，於是付出高額費用，請有名的精神分析醫師替他診治，對方告訴他，「在日本據說想要多少女孩子都沒問題，你立刻隻身前往日本，找回自己的青春吧。」於是他就這麼遠渡重洋來到日本。

可是老紳士來到憧憬的日本後，本來打算像夜市撈金魚一樣找女人，沒想到不管去酒吧還是酒廊，英語都行不通（他去的酒吧和酒廊肯定是二流的），而且因爲沒什麼玩樂的經驗，態度很僵硬，導致他與女人之間產生隔閡，最後他受不了，只好來找日本的精神分析醫師。於是醫師面授機宜：

「與其去找那種風塵女子，不如追求女導遊，只要適當給點錢就能談妥，而且對方也懂英文，不是很簡單嗎？」

老紳士立刻聘請英語導遊，幸好是位美麗女子，認識兩三天後，他就戰戰兢兢地開口：

「一晚二萬圓如何？」

女人囉唆半天，最後把價碼抬高到二萬五，而且自從提出這件事後，不是放他鴿子，就是不守時。老紳士被整得精疲力盡，好不容易終於說好去他期待已久的熱海。

在熱海過夜的那晚，終於等到她脫衣的瞬間，出現在他眼前的是像竹竿一樣皮包骨的乾癟身體。

老紳士一看之下，夢想破滅，大失興致，別說是亢奮了，甚至很反胃，這才醒悟人生無常，當下開悟。

據說這個醒悟，就是可悲的七十五歲美國人，這趟日本之旅唯一的紀念品。

——我聽到這個故事覺得很悲哀，儘管這不是美國人的常例，還是覺得觸及美國男性可悲淒涼的一面。

第一，人生走到盡頭才產生外遇的念頭，還跑去找精神分析醫師商量，這算是哪一回事。可見他多麼缺乏自信，對自己的欲望與自然的人性又是多麼膽怯。

第二，他或許是想至少找個大胸脯美女，卻無法從洋裝透視這點，直到脫光才發現眞相爲之失望，這又是多麼嚴重的睜眼瞎。

第三，透過一場豔遇才醒悟人生，這是何等遲鈍。他若是年輕時就花天酒地，早就已經悟道了。

——對於這個小故事，我想說的，並非是要抨擊可悲的老紳士與竹竿美女的豔遇。

我想說的是，男人藉由情事的經驗累積，幾時、在哪個階段領悟這個大哉問。

本來一眼看上的美女，到了要接吻時才發現對方有嚴重口臭，這或許也會成爲開悟的原因。

但這種末梢感覺式的領悟，多半不長久。

也有許多人即便情場經驗再怎麼豐富還是無法領悟。一年三百六十五天帶著不同女人上夜店的男人，實際上當然有，不過能夠不厭倦這種作業也算是一種天才了。

……但，不管怎樣，男人總會在某處豁然領悟。

「我看到了人生盡頭。」

遲早有一天會有這麼感覺的瞬間。那是在二十五歲，還是三十歲、四十歲、甚至七十五歲，視個人的環境、經歷、各種條件有所不同，但這樣的領悟必然會藉由情事產生。有可能在情事過程中發生，也可能在情事結束後發生。俗話說得好，色即是空。

與自以爲深愛的女人結合的那一瞬間，或是二人共度春宵後的翌晨，總之在某一瞬間，男人突然就看到「人生盡頭」了。

「唉，人生原來這麼渺小啊。快樂原來如此渺小啊。」

男人若未在某一刻產生這種領悟，就還算不上道地的男人。就像前述的美國老人，到了七十五歲才終於成爲道地的男人。而且唯獨這件事，不管讀破萬卷書或成爲性科學的權威，都不可能在桌上得到領悟，必須靠床鋪和枕頭，而且是相當數量的床鋪與枕頭。

西鶴[1]的《好色一代男》主角世之介，在嘗盡種種玩樂後，與七名友人一同乘著好色丸這條大船，爲了追求快樂至死，前往女護島[2]。這是所有男人的夢想與理想，文中描寫出「永遠無法領悟的男人」這種典型。可見作者西鶴自己，應該已有領悟。

——領悟之後的男人何去何從？

從那一刻起，男人的現實，男人的工作世界才算是眞正開啓。男人會發現自己的現實。所以前述的七十五歲老人，雖然辛苦工作了一輩子，但那說穿了並非眞正的現實，堪稱一場惡夢。對他的老妻而言，或許是最幸福、理想、風光體面、美式健康、和平的夫婦生活，但如果那些年來，丈夫只是一直身在惡夢中，眞正可悲的，或許是這位老妻。而丈夫，終於開始憎恨七十五年的惡夢與幻想，爲了追求現實來到日本。脫下衣物展現瘦巴巴裸體的日本美女，或許就是他尋求的現實本身。他正是求仁得仁。

那麼一旦領悟，成爲道地的男人，是否就終生毋需再擔心出軌呢？非也非也，這正是男人這種生物麻煩的地方。

他還是會不斷偷吃。既已嘗到灰的滋味，接下來，會更想知道灰的滋味有多少種。那或許是一種知性的探究心，不管怎樣，首先，和至今認爲那是甜蜜滋味的男人比起來，不得不說他對人生顯然較有適應性。因爲他知道領悟之後，再也不會有甜如蜜的滋味。而且也知道，灰的滋味不是那種令人迷戀的美味。……即便如此，還是想舔舐新的灰——成爲灰的研究家。

1 井原西鶴（1642-1693），江戶前期的浮世草子作者、俳人。以《好色一代男》奠定作家地位。
2 傳說中，僅有女性居住的島嶼。古時暗喻大奧、吉原等紅燈區。

# 男人喜歡玩機械

所有的男人都愛玩機械，這是何故？

說是「所有」，多少有點言過其實，畢竟也有許多像我這樣碰上跳電時只會找老婆求救的例外，關於這種例外後面會有詳細說明，所以姑且先稱為「所有」。

大多數男人如果被問到：

「你為什麼喜歡女人？」

可能會以一句「廢話，這是本能」就解決。

但若是問：

「你為何喜歡機械？」

對方肯定不知如何作答。因為不管怎麼想，機械這種文明產物，都不得不放在離本能最遠的地方。

男人也喜歡女人的乳房，同樣地，不，有時對汽車引擎的熱愛甚至超過前者。仔細想想，這實在很奇怪。柔軟滑膩的乳房，與沾滿油垢的鐵製引擎，不僅一點也不像，甚至完全相反。

這可以這樣解釋。

男人的性欲，是對事物構造的好奇心、探究欲、研究心、調查熱之類而成立。女體的構造，尤其是內部構造究竟如何，這種科學的探究心，堪稱男人性欲的第一步。

因此，對引擎構造感興趣，被會動的機械吸引，的確可以說本來就根源於男性的本能。

不過，現實中的女人，一旦她的內部構造被人做過綿密調查後，就會變得莫名其妙，以不可理喻的唯我獨尊與男人對抗。就像是再怎麼仔細維修也會習慣性失控的汽車，男人受不了，於是寧願喜歡眞正鋼鐵製的機械、會乖乖運作的汽車。

不過，這種解釋，基本上言之成理，但這樣等於把女人與機械硬生生視爲同等地位，想必會惹惱女性讀者。

況且，對女人的本能，包含了生殖本能，可是應該不會有男人對汽車引擎發揮生殖本能，想讓一輛跑車變成三輛。

還有，性欲受快樂原則支配，但是玩機械的快樂，不管怎麼想，都與性欲無關。自己把玩的引擎，只會傳來冰冷的鋼鐵觸感。既然如此，男人爲何會對那種東西熱中？

看來，還是應該說，男人對女人乳房的喜好，和對鋼鐵機械的喜好，在男人的內心完全分裂。

男人的心中，似乎有光靠溫暖、柔軟、溫和、有機的東西無法滿足的部分。光是具體的世界，說什麼都無法滿足。

機械肯定才是與生活密切相關的具體存在，但這玩意擁有女人沒有的東西：機械不是動物，也不是自然，是抽象能力的產物。

本來，它就是在腦中想出來，畫出設計圖，進而製造出來的東西，因此才被賦予形體。所以它有魅力。機械並非在根本上無法理解的東西。它不是根本的謎團。謎團不可能創造機械。

因此男人來到機械的前面便可安心。男人會覺得這才是自己的夥伴。它與女人那種謎樣的生物不同，只要去操作它，必然從頭到腳都會了解。

男人的弱點就是受不了謎團。說到挑戰祕境之謎的探險隊，聽起來好像很勇敢，但男人其實是受不了那種祕境有謎團。

「因爲那裡有山。」[1]

這是有名的回答，事實上，

「因爲那裡有謎團所以無法忍耐。」

可能才是正確解答。

男人被賦予的高度抽象能力，似乎就是這種弱點的盾牌。如果不藉由抽象能力，把現實與人生之謎，收進整整齊齊、貼有標籤的收納櫃，男人無法忍受。機械正是這種能力的產物。

在此，我要開始替跳電時只會手忙腳亂的自己辯護，其實我也同「所有」男人一樣，熱中於玩機械。只不過我的機械是肉眼看不見的。身爲小說家兼劇作

1 語出英國登山家喬治・馬洛里（George Herbert Leigh Mallory）。

家，我最熱中的，還是玩這種無形的機械。或者說，是盡情發揮可以創造機械的抽象能力，所帶來的喜悅。

我的作品只要像引擎一樣啓動，就搞定了。我會瞇起眼聽那引擎聲。看到小說家寫出一篇小說，用大量的時間不斷修改添刪的模樣，我不得不聯想到身穿沾滿油污的作業服、仰躺在汽車下的人。

說到這裡，假設機械與女人合為一體會如何？

這是人造人的夢想，是利爾·亞當[2]這位小說家寫的《未來的夏娃》這本小說的深奧主題。

在此有男人的終極夢想。完美的美女，因為是人造人，不是根本的謎團。若以為既然不是謎團應該就會厭倦，這種想法未免太膚淺。男人再也找不出能夠這樣認真、安心、打從心底一直深愛的女性。因為，機械美女是那種抽象能力的產物，換言之，是從男性的頭腦誕生的，對男人而言，是純粹的幻想、純粹的夢想、是絕不會遭到背叛的美。這種東西，只能出自自己的頭腦。只有它，才能完全信賴。於是男人心目中永恆的女性出現了。

但這裡藏著一個矛盾，雖然一切都是出自男人的頭腦，但是男人安心寄託的夢想、幻想，其實，是根據這世間，非人造人的肉身女子、充滿謎團的女子製造出來的。這終究只是永遠在原地兜圈子。永恆女性的幻想與夢想既然重要，一開始就不需要人造人這種實體，人造美女這個存在本身，其實不需要存在，也不該存在。

故事主角安迪生苦心發明出來的美女，因萬德福號這艘船失火，成爲大西洋的藻屑。這就是小說《未來的夏娃》悲哀的結局。

今後看來，機械這種東西，應該盡量是醜怪、油膩、骯髒、歪七扭八的鋼鐵怪物，最好與女人一點相似之處也沒有——哪怕是爲了讓妻子們能夠安心拋下玩機械的老公，自己去與三姑六婆聊八掛。

2 利爾．亞當（Auguste de Villiers de l'Isle-Adam, 1838-1889），法國象徵主義作家。

# 男人如何老去？

謊報年齡的女人並不罕見，但男人很少會這麼做。因爲身爲大男人還做那種事，會被視爲不夠男性化的可恥行爲。

那麼男人就能坦然老去嗎？絕對不是。老了以後肯定不再受女人歡迎，男人怎麼可能以平靜的心態看待。

最近女性雜誌也會在別冊附錄中，異常詳細，甚至詳細到變態地說明男性生理，但是關於男人各年齡層的生活感覺，倒是少有明確的說明。我想在這裡概括敘述，以供女性讀者參考。以下一律以第一人稱告白體進行。

（一）**十五歲－十七歲左右**——啊呀，我好想趕快二十歲。可以自由喝酒抽菸，也可以隨意開車，那該有多好啊。哪像十五或十七歲，說什麼青春期的叛逆好像很酷，結果卻是不上不下的年紀，女孩子也把我當小孩。能夠任性而爲的只有犯罪，太沒勁了。反抗大人或是瞧不起大人，到頭來，也是因爲羨慕大人，眞的。

不過，長大也很麻煩，乾脆趁現在死掉吧。說什麼還很青澀的小櫻樹，戰時據說就是如此唱著高調，像櫻花凋落般英勇赴死，但滿臉青春痘的櫻樹太遜了。萬一嘗過女人的滋味恐怕就捨不得死了，所以好像還是沒嘗過滋味比較好，可又覺得沒抱過女人就死有點可惜……算了，看著辦吧。遲早有辦法。

**（二）二十歲**——我二十歲了！怎樣，二十歲喔！誰也比不上我。我是二十歲！

總之我現在有選舉權了，如果不趕快開葷在朋友面前會很沒面子，眞是忙死了。雖然S子嗆我說「二十歲的小屁孩跩什麼」，那臭老太婆凶什麼，她都已經二十五歲了。

全身充滿力氣無處發洩，雖然挺胸開步走，總覺得有點沒自信。等我二十五歲時，應該會更懂得如何應付人吧。無論在飯店或餐廳，都被服務生投以輕蔑的眼神，給人小費，也有點戰戰兢兢很生硬。帶女人上街，不管去哪裡，總覺得被瞧不起。大概是分量不夠吧。

（三）二**十七歲**——我是道地的青年了。不管怎麼看都是成年人，而且正逢青春鼎盛期（雖然和二十五歲比起來，略有精力減退之感）。但二十七歲這個年紀眞好。沒必要再繼續變老了。無論在任何女人面前，都可以毫不心虛地展現本來的自我。前輩也越來越重視我。我成了他們未來的威脅。我還有熱情，也稍微學會冷靜。肉體任何地方都不見衰退。我究竟要萬能到什麼地步！強大到什麼地步！有魅力到什麼地步！想到這裡，連自己都覺得害怕。

但是想到再過三年就三十歲，不禁悚然。三十歲就變成老頭子了。我也得趕快結婚成家。信用越來越重要了。我得趁著魅力全開時，抓住一個魅力百分百的老婆。

（四）三**十歲**——糟糕。我三十歲了。我已不再年輕。這是步向老頭子的第一步。只要熬夜三天身體就吃不消。

所有的女人，好像都開始用嫌棄的眼神看我。

「你已經不算年輕了。」

十七歲的女孩居然喊我「大叔」。眞是晴天霹靂。說出最新的流行詞語時，連自己都覺得不搭調，早上刮鬍子時看看臉孔，神色好像變得凝重，不復輕快。

再稱我爲青年好像有點勉強。假設我浮屍水上，報紙絕對不會寫「年約三十的青年浮屍」。一定會寫「年約三十的男子浮屍」吧。青年與男子的差別可大了。

**（五）三十八歲**——我還年輕。還年輕。不管誰來說我都還年輕。「還」這個字眼有點不舒服，但總之我是年輕的。大家都說我「像青年一樣」。「像」這個字眼也讓我不舒服。

仔細想想，我如果二十歲結婚，現在就算有個十八歲身高六尺的兒子也不稀奇。如果有個自己必須抬頭仰望的大個子喊我爸爸，世界末日也到了。幸好我沒有早婚。早婚是人生最大的悲劇。而且是二十年後才發覺的悲劇。

生髮劑難道沒有絕對有效的嗎？我已試用了十五種，全都是想告廠商廣告誇大不實的貨色。衛生署到底在做什麼！

但我希望永遠停留在三十幾歲。這才是男人精力、能力、工作的顚峰期。是男人的全盛期。如果去花街柳巷找藝妓玩，絕對還能稱得上「青年」，因爲二十幾歲的小毛頭想去那種地方也去不起。看誰更得意！

**（六）五十歲**——有名譽、有地位也有錢的五十歲男人。或許多少有點猥瑣，但這就是男人。五十以下簡而言之還是男人後備軍。到了六十，就是步向老人的第一步了，但五十幾歲就各種意味而言還不是老人。這下子我要是成爲內閣總理大臣，會被稱爲「青年宰相」。在美國就行不通了，但至少在日本可以。

我寵愛的女人，也說五十以下的男人沒有男人味。這話一半是奉承，但的確有女人特別偏愛熟男。這種女人對小毛頭不屑一顧。想想挺安心的。

我最近開始喜歡與老年人來往。與七、八十歲的長者來往，他們會教我很多，自己被當成小朋友照顧多少也有點開心。

說到這裡，明天我想見一下癌症中心的N醫生，但明天要開會，傷腦筋。開會開到一半要偷溜嗎？

（七）**百歲**——嘰哩咕嚕（口齒不清）……像我這樣的年輕人，碰上這種時候，咕嚕嘰哩……爲國效力……嘰哩咕嚕……該說是當然，或是應該嗎？咕嚕嘰哩。

# 男人才懂的事

最近婦女雜誌，不僅大談女人的性感帶，甚至還出現對男人性感帶的解說，實在是很好心，但人類其實不懂「他人的痛楚」，更不可能了解「他人的快感」。不是因爲男女性別不同才難以互相理解，我認爲應該視爲人各有體所以才難以互相理解，這個想法顯然更合理。

之前我看了伊藤桂一[1]氏寫的〈遠方的硝煙〉這篇小說，內容是描寫昔日戰友齊聚一堂追憶軍隊生活，其中，出現不少讓人覺得這是「只有男人才懂的」心理。

入隊當時很不甘願的士兵「我」，成爲上等兵後，自願去帶麻煩的新兵，不

1 伊藤桂一（1917-），日本小說家、詩人。

知不覺開始對新兵教育投注熱情與關愛，

「我一邊教育他們，一邊描繪出與他們一同組隊，上陣出征的情景。與他們一同前進、戰鬥，在他們的圍繞下死去，我甚至想像自己死前的最後一幕。」

對於這樣的感情，「我」自稱為「勇壯哀切的祈願之情」。

首先，十之八九的女性無法理解這種感情，而且還可能以一句「荒唐可笑」下定論。一輩子拼命想著這種事，夢想著自己如此死去，對女性來說，大概會視爲戰時的幼稚心理，但事實並非如此。即便在和平時代，基本上，肯定也有七、八成的男人，會對這種心理產生共鳴，認爲很酷。

男人喜歡當老大，指導別人，以教育家自居的熱情背後，隱約可窺見這種心態。換言之，就是「勇壯且哀切的祈願之情」。

女性的和平主義，以及對戰爭歇斯底里的詛咒，男人之所以無法領教，理由就在於此。

當然男人也不是覺得戰爭百分之百是好事，但是撇開今後的核武戰爭不談，「以前的戰爭也有好處」。

美國作家威廉·薩洛揚[2]的《男》[3]這篇小說中，

「男人本來就通通是善人，壞的是這社會。」

或者，

「男人全是動物。……男人是渺小、寂寞的生物。……天底下沒有不受傷的男人。」

或者，

「男人只想著自己。男人只愛自己。」

或者，

「男人不斷被捲入都市、金錢、愛情、危險、大洋、船隻、鐵路、高速公路之類的夢想。但無論是睡覺或旅行，男人都知道眞實的去向。」

或者，

「男人必要的東西很少。唯獨欲望很多。」

諸如此類，有很多關於男人的名言。這些話，說穿了全是「只有男人才懂的事」，就算不能說薩洛揚講的一律都對，至少在他的想法本身，很大程度地展現

2 威廉．薩洛揚（William Saroyan, 1908-1981），美國小說家、劇作家。

3 此爲日譯，原文書名爲 *Rock Wagram*。

出「男人特質」。

但事到如今，我無意再大聲對女性演說，叫她們理解男性。即使那樣做，也毋須擔心女性湧起「男人究竟是什麼」的探究欲。女性自古以來，對於男性，不懂的就任其不懂，是概括全體地去愛，那正是女性在愛情方面的特長。而女性的探究欲、求知欲，個別且具體地，百分之百發揮在「丈夫的外遇」上，她們壓根不會去想「男人究竟是什麼」。因此世間雖有成堆的女性論，卻少有男性論。

但我想強調的是，「只有男人才懂的事」女人既然不可能理解，那就不要不分清紅皀白地批判，或自以爲是地解釋。對於「不懂的事」只要別去干擾，給予尊重就行了。

恕我再次提到戰爭，某報紙的讀者投書欄，出現這種內容的女性投書，

「外子動不動就愛看電視上的戰爭片，或者購買戰記讀本，我很擔心他這樣，會給發育期的兒子帶來好戰的不良影響。我希望把兒子教養成愛好和平的人，所以一直盡量避免讓他看那種東西，卻被外子給搞砸了。我一再請求外子別這麼做，他卻隨口敷衍。請問我該如何是好？」

我看了之後，只感到女人最典型的目光短淺。養育男孩子，卻只想著掩蓋事

實的話，男子氣概還來不及萌芽就會夭折。男孩子若是好戰，就買竹刀給他，讓他去學劍道，藉此發洩精力。愛好和平的人，指的其實應該是去勢的人吧？

丈夫在週日午後，自公寓的窗口茫然望天沉默不語，

「老公，你在想什麼？」

年輕貌美的妻子會問。

丈夫或許什麼也沒想。或許只是看到對面那棟公寓曬衣桿上晾的內褲，正在想入非非。或者他正在擔心月底欠酒店的錢怎麼還。

但是，或許，他正以女人無法理解的深遠痛切的想法，追逐「只有男人才懂的夢想」。那一瞬間，他或許不再是平凡的百圓丈夫，而是成爲一個男人中的男人，偉大的人物。

但是，男人多半什麼也不會解釋，只會含糊其詞草草帶過：

「呃，一點小事……」

或者，

「沒什麼……」

如果妻子還要繼續追究，他就會說出舉世最虛僞的話：

「傻瓜。我正在回想當初訂婚時妳那可愛的模樣呢。」

「噢，眞的？討厭！」

年輕的妻子這下滿足了，絲毫沒發現這一刻，她已錯過重大的「男人特質」……

以下，進入各論，我想針對這些重要的男人做個別研究。

〈各論〉
# 愛丁堡公爵

我們這個男性研究講座，已結束總論，現在要進入各論的人物篇，作爲男性的代表人物，我首先想舉出愛丁堡公爵菲利普親王。

人人皆知這位英國「女王的夫婿」，今年四十二歲正値壯年，本來是希臘王子、海軍上尉菲利普，也是美男子運動員……而且他的地位，純粹只是因爲身爲「男人」，他的義務，只不過是替英國皇室留下優秀的子孫……放眼全球，若問還有誰沒有任何其他長處，只因爲身爲「男人」而得到最高地位，我想推舉他爲全球男性第一名，應該無人可以反對。

的確，長島選手[1]或許是日本的男性第一名。但是，那是因爲他很會打棒

1 長島茂雄（1936-），日本職棒選手，曾效力於讀賣巨人隊。

球。如果從他身上拿走棒球，就算他長得再帥，也不見得能保住男性第一的寶座。他是男性第一的實質，說穿了，也等於是棒球第一，男人＝棒球這個公式，其實只對棒球迷管用。所以，他在身為男人之前，不過是個職業人。相撲選手大鵬亦然，男星石原裕次郎亦然。這是民主社會，在這個社會，身為職業人之前首先是男人，這點，基本上被隱藏。在論及職業人身分之前純粹只視為「男人」的人物，頂多只有有錢人家的敗家子或無業遊民，不管哪一種，都不可能得到世人的喜愛與尊敬。養子或贅婿，當然也被當成職業人來評價。就連出賣男兒血性的流氓，基於生活必要，這年頭也得四處分發印有總經理頭銜的名片。

但是所謂的君主制，做法很有意思。基於世襲制的必要，給女人配一個理想的夫君，頒給夫君最高榮譽，同時卻不給他任何權力，讓他只能忠心保護女王，全力為傳宗接代貢獻。他的立場，顯然，在身為職業人之前首先是「男人」，而且如此露骨、驚人的對待，卻在所謂的君主制度中極為高雅地呈現。

將之稱為偽善的人很盲目，要求男人必須先是職業人的民主社會，分明才是更偽善的。因為，男人其實只能是「身為職業人之前首先是男人」。這點只要去澡堂一看就立刻知道。

那麼，如果設身處地替愛丁堡公爵想一想呢？

他是全球男性的頭號人物，是男性代表。英國皇室的未來，就扛在他這個頭腦明晰、容貌端正、血統純正、就生物學上的男性而言無可挑剔的人物肩上。

但問題在於，他的「男性身分」只能用於崇高目的，因此，他的「男性」必須受到各種制約。

這裡出現「男性」麻煩的問題。他不是向國家貢獻文化事業或科學發明、棒球、芭蕾舞，而是貢獻「男性身分」，因此已不能再往別處發揮「男性本色」。男人身為男性第一義代表的悲劇就在於此。因為男人是男人，所以就連各種細小瑣碎、無關緊要、甚至可愛的缺點都會遭到非難。

週日不上教堂卻去玩馬球或板球，會挨罵。離家太久會挨罵。在印度打獵獵到老虎，會被「流血運動反對派」指責。讓親生兒子查爾斯王子擊斃鹿，會被保護動物聯盟批評。做那個也挨罵、做這個也挨罵……動輒得咎就是指這種情形。如果，公爵像世間同輩男人那樣，稍微偷腥一下，東窗事發時絕對不是「挨罵」就能了事。因為在這個國家，就連內閣大臣外遇，都會演變成普羅富莫事件[2]這種政治風暴。

2 英國保守黨內閣成員普羅富莫與歌舞女演員基勒發生婚外情，基勒同時與蘇聯間諜有染，因而引發一連串政治風暴。

起國家級的嚴重醜聞。

可是話說回來，如果公爵從一開始就不近女色，年紀輕輕也不出門，臉色蒼白地把翻閱舊文書當成最大樂趣，成了小老頭，這樁婚姻恐怕一開始就不會成立，所以很矛盾。

英國國民想必是在公爵身上尋求騎士的遺風，也就是所謂「純粹男性」的遺風。但是男性有多麼粗魯不純，還有，男性展現的那種純粹，是在多麼彆扭的狀況下，這些，我在前面的總論已說得口乾舌燥了。愛丁堡公爵既然也是男人，這點想必相同。

男人渴望自己的欲望能夠完全被自由滿足，一心追求權力、名聲以及金錢，否則男人只能進修道院。但是，權力、名聲與金錢，到頭來，無法填補男人最後的夢想。當男人得到時，多半已經年老，況且有了金錢與權力後，也不敢相信對方的愛情，於是在徘徊逡巡之中，罹患癌症或腦溢血就此結束一生，這就是大部分男人的命運。任何男人都是虛無地抓著滿手沙子死去。

若能醒悟這點，即便生活窮苦，但年紀輕輕得到榮譽，也不爲權力欲所苦，得以變成「純粹男性」或許也不壞。愛丁堡公爵雖然不時有點小小的脫線，最後應該還是可以無過無失地度過一生。某報紙公布的公爵一日行程如下：

「身爲運動家的公爵，平時的訓練也很嚴格，每天早上做體操之外，還經常在早餐前游泳。飲酒保持適量，絕不抽菸。還有，或許是因爲在海軍受過訓練，加上戰時搭乘海軍艦艇養成的習慣，一天之中總是會抽出空檔睡午覺。」

這樣的男人若在戰時肯定可以成爲英雄，現在，卻一直過著非英雄的生活，想想實在值得尊敬。說不定，這種男人，才該稱爲「日常的英雄」。因爲情色方面的英雄多得隨便掃一掃都有一大把。

# 金田正一

我是現代難得與棒球無緣的男人，坐計程車時，就算我再怎麼指引方向，司機也只顧著聽收音機播報的棒球比賽不肯理我，好不容易見他緩緩將心情愉悅的臉孔轉過來：

「國鐵很有希望呢。」

被他劈頭就這麼搭話，我只能忐忑不安，要是說我不懂棒球，恐怕會挨揍，所以我只好勉強敷衍：

「是啊，很有希望。」

對方或許認定我不是國鐵球迷，頓時把臉一板扭過頭。我就是經常碰上這種悲劇的男人。

像我這樣的男人，要談論天下聞名的金田投手，勢必只會談私生活的問題，但我必須先聲明，我絕對無意傷害金田投手的人格。
這位現代英雄，是一再躍上頭版大標題，被體育報炒得火熱的大投手，不過他最近的離婚問題，也成了八卦週刊的頭條報導。
某大學，最近做了一份「喜歡的人物」與「討厭的人物」的問卷調查，女學生投票後，「討厭的人物」第一名正是金田投手。看到這個結果，我才知道金田投手在女性之間多麼有人氣。「討厭」的意味，當然涉及他的離婚問題，但是如果一開始就對此人不感興趣，管他是離婚還是要幹嘛都無所謂，因此這個最高票，簡而言之，意味著「愛之愈深，恨之愈烈」，反過來說，也等於是在表示「喜歡、喜歡、好喜歡」。所以或許可以視爲，女性說「討厭」時意味著「喜歡」的票全都集合起來，才會出現這種投票結果。
我與金田投手沒有私交，但在我印象中，他是個開朗豁達、有話直說、行動光明磊落的人物，令我極有好感。
況且看他的出賽記錄，昭和二十六年至三十八年，他保持了十三年連續二十勝以上的記錄。還有，昭和三十二年八月，對中日之戰演出完全比賽[1]。二十六

1 完全比賽被認爲是投手表現的最極致，投手需要投至少九局，完投且勝投，沒有讓對方任何一名打者上壘，包括失誤上壘等。

年九月，對阪神之戰演出無安打無失分。三十七年九月，對巨人之戰，締造三振的世界新記錄。三十年，創下當季最多三振的三百五十次。簡直是超人般的光輝經歷。

他加入國鐵隊一兩年後，就立下了這樣的目標：

（一）建造自己的家。

（二）認眞結婚。

啊呀，這是多麼平凡健全的目標啊。那是〈赫爾曼和竇綠苔〉[2]這首詩篇中赫爾曼的夢想，對健康青年來說是極爲自然的願望，不管對誰說，甚至在幾百萬人面前公開宣言，這樣的夢想都會被人們以溫馨的微笑歡迎。誰能說這樣的夢想不道德呢？實際上，眞正強大的男人，絕對不會有那種焚燒羅馬城當作史詩材料來彈奏豎琴，或是玩遍女人把千人斬當成終生志願的傻念頭。會想這種事的男人，其實多半是弱者。

話說，這位得天獨厚的棒球選手第一個夢想很快就實現了，第二個夢想，也在兩三年後，以幸福的戀愛結婚的形式得以實現。夫人還替夫婿烹調名爲「金田湯」的特別營養湯，賢內助的功勞不小。

到此為止，是世間最幸福的故事，對旁觀者來說也是有點無聊的故事。

但是，不幸的是夫人無法生育，金田投手對未來的家庭夢想無法完全實現。於是第二個女性登場，第二個家出現，在那裡誕生了可愛的金田二世……到此為止是世間常有的事。

金田投手的獨特之處在後面。

他身為男人，自然有理由對自己夢想的正當性、那種開朗、單純、健康秉持充分自信。那是在陽光底下毫不羞愧的、正大光明的夢想。是男人賭在家庭、妻子、小孩三位一體的夢想，不管怎麼看，應該都沒有什麼好羞恥的。但他的情況，在元配生不出小孩這方面有點故障，只要把這小小的故障修理好就行了，修理之後，「幸福之車」或許會變得有點醜，但那輛車子，會載著二個家和全體家人，在他的駕駛下，沐浴著日光，朝平坦的高速公路前進。金田二世無論是誰看了都說可愛，就連元配夫人都無法不愛他，既有共同的關愛對象，三個大人照理說應該可以好好相處，就像棒球球迷們雖然吵架還是可以好好相處一樣。

2 〈赫爾曼和竇綠苔〉（Hermann und Dorothea）為德國文豪歌德所寫的敘事詩，描述青年赫爾曼愛上難民女子竇綠苔，卻遭到父母反對、歷經波折的故事。

金田投手擁有豁達的性格，即便公開宣言自己的夢想與喜悅也不以爲恥，因此他也坦然公開了這種自己親手打造的獨特幸福。換言之，他愛的二個女人分居日本的西與東，他自己也深愛她們及可愛的孩子，而二個女人也很疼愛頗有夫婿風貌的第二代，堪稱完美的溫馨家庭夢想。在這裡，就男性原理而言絲毫沒有錯。他的想法一點也沒有不健康或頹廢之處。那正是太陽底下沒有任何虛僞的男性家庭的典型。

但金田投手忘了一件重要的事。世人有一半是女人，世間的道德，受到女性想法的嚴重制約。就算是他，也不可能讓全日本的女人屈服在他的男性原理下。況且，時代已是民主主義與男女同權的社會。在這社會，比起不知變通的正直，不正直被看得更重。

世人頓時對金田投手嚴厲抨擊，「幸福之車」爆胎進退不得，賢明的夫人爲了金田二世的將來斷然退讓，世人同情夫人，金田投手成了男性自私主義的代表。

他究竟有什麼錯？

因爲他很誠實。而且太「男性」，對「男性」以外的心理運作太盲目。雖然他是天才投手，但他不知道自己置身在一個女性原理強悍的社會與時代。

但無可置疑地，他的確是個好人。把他視爲「女性公敵」是諸位的自由，至少必須認同他並非不健康的。至於說「健康的男人」太無趣，那又是另一個問題了。

# 大石內藏助

歌舞伎上演《忠臣藏》這齣戲碼時，好像不像以前那樣總是客滿了，但電視如果上演《赤穗浪士》[1]之類的連續劇，好像還是很受歡迎，看來日本人永遠都喜歡這個十八世紀初發生的集團政變事件。

中心人物，自然不消說，是大石內藏助。他不是爲個人利害，而是爲了替主君報仇，有將近二年的時間隱忍自重，承受各種誤解，一心一意朝目的前進的英雄。

不過自古以來，就有忠臣藏陰謀論的說法，「事件本來就是身爲家老的大石內藏助自己沒用而引發」的說法也不是沒有。此說的論調是：賄賂上司在當時是理所當然的習慣，如果家老能夠事先妥善安排，主君也不至於陷入那種苦境。

但我無意在此做大石內藏助的人物論。我只要談他身爲男人的問題就行了。

芥川龍之介的〈某日的大石內藏助〉這篇小說中，出現的是動不動就被世間的反應影響心情，像近代人一樣小家子氣又神經質的大石，但這篇小說有弱點，令人立刻想像這應該不是眞正的大石，而是作者芥川的自畫像。不過，結局最有趣的是，周遭的人越是誇獎：

「爲了欺瞞世間，不得不故意花天酒地，不知心裡有多痛苦。」

大石自己就越忐忑，不禁暗自心虛，反省自己是否眞有忘記復仇投入玩樂中的瞬間。

想想也是。這種事就算不是芥川龍之介，我們凡夫俗子也能輕易想像。在赤穗浪士的種種逸話中，比起耐住貧苦終於復仇的故事，在祇園每晚玩女人大肆喧嘩，藉此欺瞞世人眼光偷偷擬定復仇計畫的說法更受歡迎，不是沒有道理的。

大石內藏助的人氣，若無這種故事，恐怕會減低不少。因爲，在這種形式下，大石創造出享受到男人最高極樂的形象。《好色一代男》的世之介如今意外

1 元祿十五年（一七〇三）赤穗藩士大石內藏助等四十七名武士，爲了替昔日藩主淺野長矩報仇，深夜闖入高家吉良義央的住處，殺死吉良義央及其家臣。《忠臣藏》是以赤穗浪士復仇事件爲題材的創作作品。

乏人問津，就是因爲那種商人風格、沒骨氣、下巴以下都沉浸在快樂中的男人，在咱們日本，似乎很難成爲男性的理想典範。他的女人太多，因此既不受女人歡迎，在男人看來也心生妒意覺得很沒趣。不會讓男人想見賢思齊。

相較之下大石就很精彩了。他不管睡過多少個女人，都是瞞騙世人的虛晃一招，所以他的心肯定只獻給貞潔的妻子。

在男人看來，日本男人還是有悲壯感支持的快樂更好。心裡藏著熾烈的復仇念頭，表面上故作放蕩，可以整天花天酒地，這是多麼美好。推動明治維新的幕末志士及二二六事件[2]的叛亂軍官們，都是跟著大石內藏助的傳統走，自然也不乏藝伎與美酒。

說到爲快樂而快樂、無止境的快樂，日本男人似乎在體力上不支，比不過阿拉伯人與中國人。平安時代用「感時傷情」這種文藝的美學理念來含糊帶過，後來則用儒教道德掩飾日本人的體力不足。

被賦予無止境的快樂至上主義後，日本男人似乎反而再也感覺不到快樂。

「就算不喜歡還是玩樂，爲了道義，爲了主君」，如此一來便可安心遊玩，可以從中嘗到極樂。這是戰後小說，太宰治的〈櫻桃〉仍一貫持續的思想，這篇小說的主角，扔下可憐的妻子，含著淚水，「為了道義」四處冶遊，這點正是小說引人之處。

至今，醉醺醺歸來的丈夫，對抱怨的妻子說：

「混蛋，妳不知道男人要工作嗎！為公司喝的酒，有什麼好喝的！」

這樣的場面仍舊經常可見，即便是公事應酬該醉還是會醉，即便是為公事應酬該睡女人還是會睡，這種免費的美酒與女人，是如何「強忍心中的痛苦」，以苦澀的心境品嘗，成了日本男人的趣味之一。這也是大石內藏助老師首開先例。

這麼一想，大石等於是確立日本男性快樂大原則的人物。但大石與一般上班族不同之處，是他不會只耍嘴皮子說「將來你等著瞧」，他的確在二年後指揮一起驚人的政變事件，轟動世間。他絕對不會說什麼「將來你等著瞧」。

他在遊樂中徹底說謊。他不會替軟弱的自己辯解。是否可以這般坦然撒謊到底，就是大人物與小人物的區別。

雖然假裝沉溺逸樂，但結果他並未沉溺，要假裝沉溺實則未沉溺有多難，大

2 一九三六年二月二十六日，日本陸軍的年輕軍官們受皇道派的影響，喊出「昭和維新．尊皇討奸」的口號，企圖以武力進行政治改革，率領一千多名士兵發動軍事政變。

家只要自己玩玩看就知道。說不定，大石才是深得遊樂精髓的大行家。

大石還有一點很了不起，爲了剝下世人原先貼在他身上的冷靜沉著、不可小覷、有才華的人物這些標籤，他利用堪稱當時傳媒的花街柳巷，徹底破壞自己的社會形象。世間一旦貼上的標籤，就很難再剝下，這點無論古今皆同。

實際上，大石這種性格的男人，如果把精力投注在賺錢或政權，不知已變成多麼成功的大企業家或大政治家。而且以他那種冷靜、理智、周密計畫，戴著花花公子的面具，爲了一毛錢也不值的「替主君報仇」這個目的一路邁進，簡直是超人，所以世間衷心喝采的，是這種宛如照耀夏季夜空的煙火般，不會得到回報的行動。

以下，介紹當時大石遊樂的花街柳巷中，流行的兩三則投節[3]以供參考。

「偶一相逢夜，背人私語時，訴不盡吾人情思。」

「相思復相思，苦不得相逢，不如就此絕命矣。」

「侍衛之焚火，唯有入夜時，心頭焚火無盡期。」

---

3 江戶初期以三弦琴伴奏的流行歌謠，盛行於花街柳巷。

# 貓王艾維斯．普利斯萊

那種宛如優酪乳的男人，若說他是性感男性的代表，恐怕很多人都會提出異議。但他的確是本世紀最大、最高的性感男性象徵（某位好萊塢人士曾告訴我，「有時貓王看起來就像土耳其婦人」），那個地位暫時恐怕無人可以動搖。希臘自古以來，受到女人仰慕，幾乎被女人扯碎的男人，首推一手拿豎琴一邊吟詩的奧菲斯[1]，若就抱著吉他唱歌這點而言，貓王堪稱奧菲斯的直系後裔。

深澤七郎[2]氏曾說，貓王是耶穌轉世，這未免也誇獎得太大膽了，令我萬分驚訝。

他有著六尺高、一百八十五磅的高大身材，眼睛帶著苦惱，雙眼瀰漫一種難

1 奧菲斯（Orpheus），希臘神話中的歌手和詩人，善於彈奏豎琴。
2 深澤七郎（1914-1987），日本的小說家、吉他手。

以言喻的虛無，從那厚厚噘起的嘴唇，吐出帶著鼻音的甜膩顫抖嗓音，一如他「骨盤普利斯萊」的綽號，以不道德的態度扭動腰部，就像腰部的鉸練鬆掉似地突然停止動作……那一瞬間，女孩子完全瘋狂，放聲尖叫，現在雖然已很少出現，但過去貓王的歌，與其說是歌曲，簡直如同一種性儀式。今天的貓王少了過去那種大膽妄爲的氣氛，想必令不少人惋惜。

帶著些許妒意，我每次看貓王的電影，忍不住要想：

「男人如果走到極端，就會變成這樣啊。」

因爲，貓王身爲歌手當然很優秀，但身爲男人，只是全身上下塗滿性、性、性的存在，這樣居然能成功，實在令人目瞪口呆。

換言之，他那種足以激發年長女人母愛的憂愁，他的無辜，還有那引起少女對英雄崇拜的體力，以及壞壞的痞樣，凡是有過性經驗的女人都覺得他有魅力，沒經驗的女孩則對他憧憬……此人身上具備了一切，一唱歌，一扭身，在在都顯得如此性感。而且若要稱爲男人中的男人，此人好像還少了點什麼。青春蓬勃，像動物電力般的東西，滲入所有存在，因此得到成功……這樣的男人，即便放眼歷史，也難找到可比擬的人物，或許除了像深澤氏那樣拉出耶穌之外，別無辦法。

但是，男人這種生物，並非爲了變成那樣而誕生。貓王在男性當中屬於突變，非常違反自然，他是一種生來就要成爲「性神」的男人。說不定，他是美國人在那女權過強的社會，男性長久的怨恨與復仇的象徵。

「好啊，女人。妳們就囂張啊。囂張吧。儘管囂張。我會唱出妳們渴求的歌，最愛的歌。看吧，我一唱之後，怎麼著？本來很囂張的妳們，不是就立刻萎縮退讓了嗎？

封鎖男人的暴力，侵蝕經濟力，削弱權力的妳們，

只要一聽到我以顫抖的聲音唱出：

傷、傷、傷、傷心酒店～

這種低俗的歌，妳們不就立刻伏首稱臣了？妳們的喜好眞低俗。怎麼樣，要我扭腰嗎？開心嗎？看著吧。在我面前，大家都得剝下假面具。就算再怎麼故作高貴，再怎麼囂張，還不是被這麼下流的歌給征服了。

如何？現在知道女人還是比不過男人了吧。妳們挨揍就咬人，挨罵就生氣。男人的武器完全派不上用場，男性的智力也被妳們看不起。所以，男人也想通

了。要支配妳們，已經不能靠拳頭、金錢、甜言蜜語或恐嚇，所以我被選爲新的代表，用甜膩的歌聲與搖臀扭腰來壓制敵人。

結果這招大獲成功呢。妳們被男人在性方面異常溫柔、異常甜蜜、異常強大的威力給嚇到了吧？現在妳們知道就算慌了手腳也沒用吧？」

——聽著貓王的歌，我覺得彷彿在甜蜜的歌詞背後，聽到他不停地如此歌頌的聲音。他就是拷問全體女性的工具，給她們上夾板，終於令她們招供。

來吧，跟著貓王一同前進！

男性軍團意氣昂揚。但可悲的是，貓王純屬突變，我們一般平凡男人，連他萬分之一的力量都沒有。在貓王面前拜倒的女人，在別的男人面前照樣氣焰囂張。這下子全體男性的復仇願望，恐怕永遠無法實現。

不過，身爲男人，嫉妒貓王是愚蠢的，最好還是想想我們托貓王的福得到多大幫助吧。多虧有他以甜蜜哀愁的聲音扭腰唱歌，我們才能穿著高雅的西裝去銀行上班。而男人，雖不可能像貓王那樣成爲性魅力的專家，卻可以裝飾自己，成爲以工作或藝術超越性愛的存在。在此，貓王是某種性愛救世主的論調得以成立。

附帶一提，貓王生於一九三五年一月八日，今年二十九歲。培養他唱歌的母親死後，

「媽媽，媽媽是我最愛的女孩。只要有媽媽就不需要情人。」

這個口頭禪，再也不管用了。

他菸酒不沾，所以不用擔心得肺癌。最愛的是可樂和巧克力牛奶奶昔。喝咖啡時，據說也偏好加牛奶的咖啡。他收藏熊布偶，打從出道當時就很有名，喜歡的運動，是游泳、足球、拳擊。財產據說數上三天也數不完。

## 堀江謙一

堀江青年的名著《太平洋孤獨》，已出版英譯本《KODOKU》（孤獨），由石原裕次郎主演的電影在海外也頗受好評，今後這位果敢的遊艇青年，獨自橫越太平洋的壯舉，想必會更加廣爲全球所知。

媒體對堀江青年褒貶不一，正吵得很凶時，我寫了一篇文章替他辯護，那個問題這次略過不談，我想談談他這個男人。總而言之，他很自然地做了只有男人才能做的事。這麼說或許是失禮的比喻，但他就像一尾孤獨強大的精子，越過太平洋，抵達舊金山灣這個憧憬的子宮，成功與卵子結合。我們的精子，透過自然的考驗，也這樣歷經千中選一的冒險，與卵子姑娘相遇，但在那一個成功者背後，有無數的失敗者，對堀江青年橫越太平洋的讚美與嫉妒，多少應可視爲這種敗北的精子心理作祟。

如此英雄式的行爲，卻用性來比喻，或許有人會罵我用詞不當，但不只是他的例子（用不著等待佛洛伊德的分析），各種男性的冒險事業，都可套用這個性的比喻。

朝著一個目的，目不斜視地專心前進。在抵達終點之前，必須橫越女性的大海，歷經種種危難也不退縮，最後終於抵達目標。這種精子的行動原理，是男性一切作爲的基本型，脫離這種基本型的男人，多半不是好東西。

沒有任何目標，也沒有夢想，只是今朝有酒今朝醉，盯著電視機，在廚房洗盤子，這樣的男人，當然也是男人，在床上或許很勇猛，但照我說來，這種男人，只是將自己的男性行動原理，托付給自己的精子，我稱之爲「精子委任型男性」。他的精子，根據自然規律，進行英雄式的大冒險，但他自己卻一臉「事不關己」逍遙度日。這種人大概會被他自己的精子笑話。

但是，賭上一輩子朝精子行動邁進的男人，不見得在現實生活是性愛冒險家，所以在此出現佛洛伊德的「昇華」[1]。

1 將性衝動轉化爲社會認可的成就的過程。

女性讀者會選擇哪種男人，請仔細思考。因爲妳對男人而言，不見得永遠是「光輝的舊金山灣」。

——話題扯遠了，到目前爲止談論的五個男性之中，我直接見過的，就只有這位堀江青年。

過去我所知道的遊艇玩家，無論就好的意味或壞的意味而言多半都很紳士，但他身上壓根沒那種氣質。他只是極愛遊艇，也不覺得自己的作爲很悲壯，看他的《太平洋孤獨》就知道，有種關西人特有的與生活直接關連的幽默，我對這種特質極有好感。

幽默這種東西，是重要的男性要素，西鄉隆盛[2]很男性化的理由之一，可以說就在於這種幽默。英國首相邱吉爾也絕非古板正經的人。

幽默是什麼呢？就是在任何場合都能遊刃有餘地客觀看待自己，動不動就歇斯底里的女人，在本質上欠缺幽默。就像看夫妻對口相聲也知道，那是爲了讓女人這種「欠缺幽默的生物」顯得更可笑，男人才會扮演笨蛋，負責引出幽默。

在堀江的航海日誌中，有很多有趣的句子。例如，歷經千辛萬苦，第十天終於過了八丈島，第十一天，在強烈的南方太陽下，喝了三杯立頓紅茶很開心。

「就這樣朝東北方前進吧。

眞想遇上一次颱風。噹啦！」

這個「噹啦」有時是指三弦琴，指的是對外的手勢或宣傳，堀江好像經常用來表示吹牛或逞強之意。拜這種「噹啦」的挑戰之賜，第十三天，他果眞衝進三號颱風中心，迎來「全程最糟的一天」。

到了第十四天，風雨終於過去，卻又碰上浪高風弱的天氣，船中被「行李的特技表演」搞得亂七八糟。

他以大阪腔寫日記：「沒半點好處吶。」

第十五天，無風的日子，他發現儲存的清水因塑膠袋破裂少了很多，雖感失望，他還是如此形容這次重大危機：

「啊——唉，算了。應該遲早會下雨吧。反正海裡多得是水。」

——最愉快的是，在獨自駕駛遊艇中，他與自己的對話，一方懶散沒出息，另一方很踏實勤快。

2 西鄉隆盛（1828-1877），日本江戶時代的武士、政治家。

「這是工作嘛。」

「太累了。再讓我休息一下。」

「不行，不行。工作第一。」

「太狠了吧。」

「隨你怎麼說。快點。做完了，就可以吃飯了。」

「是嗎。那就做吧。」

諸如此類。

不過，航海期間無論有多麼艱苦、陷入種種危機令人絕望時，堀江大概都不曾想過「與其這樣，還不如待在家裡，躺在榻榻米上比較好」。爲什麼呢？比起在榻榻米上懶洋洋地滾來滾去，一個人在太平洋上與風雨搏鬥，與無風狀態奮戰，爲什麼更好呢？

這是我希望最近鼓吹什麼休閒風潮，誤以爲生活就是要輕鬆舒適、盡量懶散且追求便利的日常才是人類眞正欲求的人，好好思考的地方。人類是一種百分之百不喜歡安逸的動物。尤其是男人……唯獨這點，就算再了不起的貴婦人想矯正也永遠治不好，這是男人特有的毛病之一。

# 卡斯楚

撇開愛唱反調的人不論，只要身爲男人，沒有人不希望哪天成爲「成功的革命家」。住在美國那種人人都被塞進小格子裡的大國，部分美國青年會憧憬敵國古巴的領導人卡斯楚，好像也情有可原。

不過仔細打量卡斯楚的照片，我總有一種「這眞是古巴人嗎」的奇妙感。因爲，我曾去革命前夕的古巴旅行，親眼看過道地的古巴人是什麼樣子。

革命前的古巴，尤其是首都哈瓦那，被稱爲「美國的廁所」，是北美人發洩欲望的地方。甚至有個笑話說，如果問哈瓦那的小女孩：

「長大之後想做什麼？」

她們會回答：

「美國人的情婦。」

如果問小男生同樣的問題，他們會回答：

「美國人的男妾。」

美國男性玩女人就不用說了，就連美國嫁不出去的打字小姐，存了錢去哈瓦那旅行，據說也是十天換了十個男人，當地賭博自由，公開的劇場會在中場時間穿插成人片，眞是個不得了的地方。

古巴人多半是西班牙人與原住民的混血兒，擁有一身誘人又性感、閃閃發亮的黃金肌膚。俊男美女也特別多，在亞熱帶的晴空下，睜著超長睫毛、黑白分明的清亮雙眼，彷彿只爲快樂而生，非常懶散，只要有錢，可以變得十分放浪形骸，與其稱爲人，不如說是美麗動物，是非常官能感的民族。不過男人追隨拉丁美洲的風俗，年紀輕輕就蓄鬍，而且是好色的唇上小鬍子，不管怎麼看，都不是注重精神層面的民族。

結果不知怎地，如今竟舉國上下臣服於卡斯楚。加入共產圈後，哈瓦那已不再放映成人片，被可樂與牙膏的廣告取代，只見馬克斯主義的口號在霓虹燈管下閃爍，蘇聯博覽會舉行，捷克的卡車四處穿梭。當日我聽到革命的消息，私心以爲就古巴人的氣質而言不可能長久，這顯然是天大的誤判。

但是，話說回來，看到卡斯楚的照片，頓時深感不可思議。卡斯楚好像有肺結核，但那嬉皮式的絡腮鬍，完全給人一種精神層面的、禁欲的印象，不管怎麼看，他都像「略胖的耶穌」。

年僅三十七歲的卡斯楚，想必當然有女人，但他和希特勒一樣，私生活充滿謎團，只是給人一種專心建國的清潔求道者的印象。看似「對人民堅定不移的信賴與溫暖關愛，對人民的正義與幸福充滿熱望」的菩薩化身。

在此，我的目的並非要研究身爲偉大政治家的卡斯楚，我想研究的是他這類型的男人。

前面也提過，他和過去的古巴人，尤其是哈瓦那市民，是截然相反的類型。厭倦性交，對於人際關係只有性與金錢感到絕望時，卡斯楚這樣的類型，看似唯一可以信賴的人物，這點我能理解。可以想見他身爲大地主的兒子，卻從一開始就得到農民信賴的風格。

不斷鬥爭的半生，革命繼而建設的大事業……哪怕多少有過女人，可以輕易想像，卡斯楚沒有太多時間玩女人。大學時代，他與保守派家庭的女兒結婚，也有了孩子，七年後離婚，之後據說一直單身。想必連結婚也沒空吧。

在女性看來，這種男人，大概與耶穌一樣，是不可侵犯的尊貴存在。整天無所事事只會打小鋼珠而且禁欲的男性，只會被視爲萎靡的可悲男人，男人的禁欲主義，唯有藉由亮眼的大事業和偉大高貴的精神性與理想，才能夠綻放光芒。

因此，一般文弱男子若自以爲是卡斯楚，當下會變得可笑。這種窩囊廢與其當什麼禁欲主義者，還是與普通人一樣追著女孩屁股後面跑更平安無事。

看到卡斯楚的成功我最感嘆的，就是在這世上，性並非一切。的確有東西比性更有魅力——卡斯楚的臉就象徵著這點，否則，就算再怎麼鬧革命，享樂派的哈瓦那市民不可能安分守己。如果性愛享樂就是人生的最高目標，哪怕是以扭曲的形式，在哈瓦那的確存在，想必誰也不想把這地上的天堂拱手讓人吧。

而成功的革命家，必然是人民喜歡的類型，因此卡斯楚應是以「反殖民地」類型的代表受到喜愛。比起什麼事都說好好的溫和老師，嚴厲的熱血老師似乎更受學生愛戴。

在日本有句俗話說「英雄本好色」，讓政治家與企業家在這方面很占便宜，但在古巴，如果卡斯楚變成花花公子，恐怕會立刻人氣下跌。因爲他等於變成過去那種一般的古巴人。他也清楚這點，所以才會堅守私生活的祕密吧。對政治家而言，還是檯面上的形象最重要。

如果他有女人，而且愛著他，只能甘願做不見天日的情婦。那和好萊塢的大明星是一樣的，虧他生在美女如雲的國家，又有張酷似耶穌的臉孔，只能令人欽佩不已。要以最罕見的類型博取女孩子的芳心，在古巴還是必須有這種「精神性」的鬍子。

卡斯楚的確有些地方很像耶穌，他有愛敵之心，在甘迺迪死亡時，據說他衷心為之嘆息。

# 園井啓介

並非只有之前介紹過的這些——說好聽點是英雄式，說難聽是各有怪癖——人物才算是男性。在此，作爲代表世間九成男性的人物，我必須介紹園井啓介君。

因主演連續劇《在那橋畔》而出名的園井，擔任我的作品《喜悅之琴》這齣戲的主角，因而得以結識。這齣戲排演了一個多月，公演也有一個月，因此彼此也培養出可以開開玩笑的交情。

所謂的明星，多半有些地方像怪物，但他絲毫沒有那種氣質。他熱心工作，從不抱怨訴苦，也很有自信，想法踏實，是很普通的青年。我們這些小說家習慣以刁鑽刻薄的懷疑眼光看人，但不管怎麼交往，他還是普通青年，絕非奇特的人物。

如果從他身上拿走「演員」的要素，會怎樣呢？恐怕再也找不出比他更尋常的人物。

他爲了好歹有點特色，即便是排演期間，也一直穿著深藍色西裝配深藍色領帶。長褲也是不寬不窄，褲腳反折。最近的年輕人少有穿反折褲的例子。這堪稱最無過無失的安全打扮，碰到這種傳統派，就連男性時尚雜誌《男子專科》也得投降。

照他說來，他愛穿老式的大內褲，好像已是落伍的新聞了。

「對呀。我可是道地的江戶男兒。不管別人怎麼說，大內褲（suteteko）發音近似『丟掉（sutetekoi）』，正是穿過即丟的風雅之物。」

這就是他愛用的理由。

他有好母親和好弟弟。試問五十幾歲的母親，是怎麼活到今天的，得到的答覆是：

「誰知道，不知不覺就已五十了。」

於是他隱約感到好像找到人生的鑰匙。他的弟弟是摩托車迷，稍不留神就讓他騎車遠征到箱根去了。他似乎是很理解這個弟弟的好哥哥。

他爲胃潰瘍所苦，割掉一半以上的胃後，就很注意身體，每天應付工作的密集行程，他說：

「做我們這一行，如果當天的表現不好，就算辯解昨天沒睡好也不管用。」表情看起來極爲淡漠。

他愛玩股票堪稱博士級水準，甚至經常被誤認爲股市評論家曾根啓介氏。另一方面，他喜愛植物，也在日生劇場的節目單上撰寫關於追憶紫丁香的隨筆。

——若因此就說他是個平平凡凡毫無內容的人物，他卻又相當有內涵。我第一次見到他時，他飾演的角色是反共的古板警官，有很多斥罵中共的台詞，我問他那樣沒關係嗎？

「我個人是中國的支持者，但我身爲演員，完全不會有那種顧慮。」

得到這樣爽朗的答覆，我當下就相信他的人品。他因電視節目需要去東南亞出外景時也只說日語，排練態度異常認眞的他，想必配得上風骨錚錚的人物這個讚美。

某次排演時，園井的角色有個地方讓我很不滿意，我當著大家的面，親自表演那一段給他看。我演完後，本來一臉愣怔旁觀的他，問道：

「那個……呃，請問這是不好的示範嗎？」

我一瞬間也莫名其妙，愣在原地，但大家一同笑了出來，我這才明白園井的言下之意。換言之，我叫他「要這樣表演」，但在他看來，卻認為我是在強調「不可以這樣表演」。我的演技可想而知，但當時園井質問得一本正經，倒不是在故意諷刺我。

到頭來是我大敗，排演場全體大樂。倒成了「三島由紀夫被園井啓介正面當頭一擊」。從這樣的小插曲，也可看出他的人品之佳。

——話說回來，我在這男性人物講座想說的，並非是要分析一個現實中的男性。應該說，重要的，是那個人物類型的研究，以及那個人物在現代具有的意義。

他是活在現代的一名青年。不管怎樣是活的，也會活動，所以的的確確是「活在現代」。既然如此，他也和學運成員及嬉皮那些「現代風」的青年有同等的發言權。

園井君乍看平凡，但他身在縱使穿紫色或紫紅色西裝也無人有異議的演藝圈，卻能堅持穿深藍色西裝打深藍色領帶、褲腳反折的長褲、女孩子討厭的大內褲，此舉本身，就是一種信念、一種思想。那與他身爲演員的信念，以及「日本人與其講丟臉的外語不如講日語」的信念一以貫之。男人身上一定要有這種「獨樹一格」的地方才行。不過，看似平凡，卻能夠直接當成獨樹一格的特質，這點也是他身在演藝圈才能做到。

演員是一種必須堅守自我的艱難行業。我猜想他一定和那十年如一日的深藍色西裝一樣，過著堅實善良的私生活。

但是，被迫穿上深藍色西裝的青年們，就不見得如此了。園井是自願這樣穿，而其他人，例如銀行行員就沒有在職場穿紅西裝的自由。

乍看與園井一模一樣，但在那幾十萬被迫穿深藍色西裝的青年中，想必也有許多人天一黑就變成狼人，過著不道德的糜爛生活。男人，是一種對於自己的善良外表不反抗不行的動物。

## 印度總理尼赫魯

對於剛去世不久的一國元首說三道四的確需要顧慮，但我個人實在不太喜歡這位總理。理由很簡單，前英國首相艾德禮對他的簡潔評論已道盡一切。

「尼赫魯總理了解權力，或許也了解詩。但他在兩方面都沒清楚做出了斷。」

把權力與詩混為一談的做法，不愧是咖哩飯的本國，就像把飯與咖哩混在一起，是道地的印度風，但正因為這個缺點，尼赫魯總理在日本也人氣極高。

七年前尼赫魯總理來日本時受到盛大的歡迎，學生及一般女性更是熱烈追捧，如果不小心說他的壞話，會被認為是嫉妒他，那樣會很沒趣，所以我只好保持沉默。

他那貴族式的秀麗眉眼，陽剛的眼光與高貴的鼻子乃至一頭銀髮，為了和平主義與崇高的理想主義，身為獨立運動的鬥士歷經風霜雨雪的英雄式經歷，深奧的思想，對全世界發言時的高明見識……和他比起來，日本男人恐怕個個都像窩囊廢。

他散發出一種氣質，很像青少年喜歡的羅曼・羅蘭之類的文學，乾淨，而且帶著溫和的微笑，一切都與「骯髒的大人」相反……由於他的形象太完美，像我這樣愛唱反調的人，忍不住要喃喃自語：「這位有名的世界級政治家，好像有點走兒童路線。」

尼赫魯總理身為政治家，有些部分太淺顯易懂，既沒有可怕的謎團，也沒有嘲諷的幽默，更沒有平易近人的庶民氣息，好像太崇高、太偉大了。

如果他是日本的首相，肯定會被橫山泰三畫的諷刺漫畫狠狠修理，大露馬腳。既然是人，必然也有種種滑稽之處，第一，他的外交政策縱使再怎麼成功，內政的失敗就夠他飽受抨擊，不可能到死都保住政治家的命脈。不過俗話說外國的月亮比較圓，在外人看來，尼赫魯這個完美的存在，等於是最適合用來包裝印度這個超級窮國的美麗、雪白的包裝紙。日本這些輕浮的知識分子，要說日本首相的壞話，必然會搬出尼赫魯總理。

的確，日本的首相或許都是考試不及格的流鼻涕小鬼，但老師嚴厲斥責這種學生後，指著N同學說：

「你們應該跟N同學好好學習一下。」

只見這位無懈可擊的優等生兼美少年N，雪白的領子端正整齊，正以做夢的眼神追逐高遠的理想。

這種時候，我天生會同情不及格的小孩，對於那種清潔完美的優等生，往往改不了懷疑人家是冒牌貨的壞毛病。在我腦中的尼赫魯總理，正是這樣的優等生。

印度國內的經濟開發遲遲不見進展，據曾去印度旅行的人士表示，至今仍有可怕的貧困問題，我腦中的尼赫魯氏，看起來越發像是白領閃閃發光、口中說出美辭麗句的優等生了。

當然，以上或許都是我個人的誤解，但政治家的宿命，不正是死後也免不了遭人誤解嗎？

——接下來，我想將偏見更進一步，批判日本的尼赫魯迷會喜歡的一般男性類型。因為這也是男性研究所必須探究的男性類型之一。

這種男人高舉崇高理想，秉持和平主義，反對核子試爆，有人道主義精神，還有貴族式的鼻子，嗜好是登山。

看到這種男人，我總是忍不住想像此人的家中八成相當拮据。不過，不管是拮据還是怎樣，身爲理想家沒有經濟能力是理所當然的，但偏偏這種男人，不是在酒家欠了一屁股債，就是向朋友借錢搭電車卻賴帳。

而且他會把高挺的鼻子從曬衣桿朝向遙遠的日本阿爾卑斯山脈，對新雪滿心嚮往。連自家小孩都穿不上像樣的衣服，卻對人類抱有滿腔熱愛。

男人必然都有這種愚蠢之處，而且非有不可，這點是我一再強調的，但氣人的是，女人最容易受騙的，正是這種尼赫魯型的男人。

男人應該把心頭烈焰深藏起來，表面上成天開玩笑，這是我堅定不移的戰時派[1]男性觀。應該在心頭燃燒的理想主義，卻像賣冰淇淋的招牌一樣，以冰冷、雪白、美麗、乾淨的設計掛在鼻頭，這種男人，我當下就會認定是冒牌貨——這是我一再申明的壞毛病。

但是，女人看男人，就像看砧板的表面，只看表面功夫，往往還是會被這種冰淇淋店的招牌矇騙。

「那個人眞好。很乾淨，是理想派。」
「那個人做夢般的眼神好迷人。」
「那個人對我諄諄說明和平主義時，我幾乎渾身發麻。」
「那個人對人類的命運眞的很關心呢。和一般只會講黃色笑話的男人大不相同。」
把這些大眾心聲，依世界級、國際級規模綜合起來，我認爲指的就是尼赫魯總理。至少，尼赫魯氏給女人的印象就是他會對女性說「眞話」，很認眞對待女性。
要討好女性，給女人留下「這個人是認眞對我講眞話」的印象最重要。
但是，說穿了，那其實是女性在知性方面的自卑表現吧？女人如此憧憬一個會對著成年女性，像學校老師一樣認眞誠實說話的男人，不正顯示出女人還想當學生嗎？

---

1　在第二次大戰期間度過青年時期的世代。

# 大松博文

這位「東洋魔女[1]」，不，「世界魔女」的幕後推手，日紡貝塚排球隊的教練「魔鬼大松」的赫赫威名震驚世間，他的種種逸話也廣爲人知。

他那出名的魔鬼訓練方式，當然沒有羅曼史發生的餘地，大松氏一天二十四小時，甚至沒有私生活可言。我看了《東洋魔女的五年》以及《跟我走！》這二本書，爲之瞠目，腦中好像嗡嗡作響。那裡面甚至沒有《太平洋孤獨》那種切實的幽默，只有如火球般的鬥志、不屈不撓的精神、超人的努力，以及對勝利的「就這樣死去也甘心」的感激……書中只塞滿這些東西。

看對方是女人就手下留情的話，絕對無法成器。因此大松氏在練習時，刻意不把球員當女人，起初練習過猛甚至被斥罵是「女性公敵」，就算球員聲稱生理期，也不讓人家休息；球員喊肚子痛，他就拜託熟識的醫師，硬說人家是盲腸炎，而把盲腸切除。

「只有做非合理之事，才能達成合理。」

「做了就會成功。不做就不成功。」

「在業餘體壇，勝利才是一切。」

這就是大松氏的哲學，即便是那種特技般的旋轉球超猛訓練，年輕的女球員們也咬牙跟著他。

一九六一年在捷克，首次贏得國際比賽的冠軍時，大松氏一轉眼就被球員們高高舉起，

「謝謝教練！」

就在這感激的亢奮與淚水中，忘記了一切辛苦。

——運動教練這種工作，本來就是不喜歡絕對做不下去，很不划算的工作，但這也是最男性化的工作。就某種意味而言，這是比任何運動選手都男性化的工作。因爲這項工作高度運用了支配力、指導力、統率力這些男性化的能力。

1 日本女子排球隊在一九六〇年代稱霸世界女子排球界的外號。

當然大政治家與大企業家也需要這種能力。但組織越大，其中就充滿越多利害關係、智謀、心機、算計、冷酷、理智的計畫性、抽象能力等多種要素，必須具備很多與本來直接的男性化能力無關的東西。

看大松氏的書，公司的人際關係及複雜的外部社會全都消失，好像來到荒涼的原野或大海。那裡沒有地位頭銜，只有一個強壯的男人與六個純真少女。他們無論如何都得活下去。這時候唯有靠一個男人的魅力，與用人的技巧，以及如何自所有少女身上引出最高潛能的指導力才能掌握命運。如果落後只有死，在這樣的恐嚇下，大家團結合作，克服一切辛苦，奮勇朝荒野、大海前進。直到抵達光榮之泉、光榮之島。

大松氏一再提及，昔日在印度的因帕爾及緬甸徘徊死亡邊緣的戰時經驗改變了自己，這並非偶然之舉。他在這支排球隊，再次發現可以讓人以野性方式生存的邊緣世界，除此之外他毫不關心。而大家也被他的夢想與氣魄壓倒，彷彿「神明附體」，病也好了，疲勞也忘了，一心朝勝利邁進。

其實，比起他自己寫的東西，我覺得他妻子寫的，以及球員們寫的遠遠更有趣。他對自己不可思議的力量並無充分自覺，如果他有異樣自覺那可能也很怪吧。他只要變成燃燒的火球就夠了。

但有趣的是，男人變成火球追求夢想與理想的身影，自然會伴隨前面提到的支配力、指導力、統率力這些正面的政治力。只是埋頭苦幹使蠻力，不會有人跟隨。

例如盲腸炎手術一做完，球員河西就找他商議四國的公開練習是否該去，他以冷漠的語氣說：

「免了。我們要去四國做練習，妳就待在這裡看看電影好好休息。」

於是球員勃然大怒隔天就出院，之後才想到：

「啊，我又上了教練的當。」

但她一點也不恨教練。

就這樣，球員在不知不覺中被教練牽著鼻子走，一旦嘗到勝利的陶醉，排球以外的人生就此失去魅力。

關於家庭生活，大松氏也與現在奉行家庭中心主義的軟派丈夫相反，他從沒看過女兒穿學校制服的樣子，半夜回家與妻子面對面吃宵夜的那一個小時，就是他全部的家庭生活，而且這顯然不是無奈之舉，是源自身爲戰時派的他奉行的

「男人的工作」至上主義。

而且那「男人的工作」，是女子排球隊的教練，站在測試戰後身高一米七的高挑女子潛能極限這個角度而言，他等於對女性的進步極有貢獻，因此其中藏著難以言喻的有趣悖論。但他從球員身上奪走青春，從妻子身上奪走天倫之樂，或許的確是「女性公敵」的最新類型。

擔任女子運動社團教練的男性，多半言語極爲粗俗，把女人當成牛馬使喚，而且還深受女性愛戴。女人似乎很樂於在這種爲了她們放棄私利私欲，認眞破口大罵，奉獻生命的男人身上，找到純眞無邪——這個男人最美的長處。至於動不動就用女性化的敬語，實則是抱持利己主義、冷漠無情的男人，很快就會被人識破他的虛僞。

就這點而言，雖與男女情事無關，日紡貝塚隊的大松氏與女球員們的關係，堪稱彼此相知相惜的男女之間，最美好的情色共同體。

## 亞蘭德倫

全球女性的偶像亞蘭德倫終於也結婚了。新娘娜塔莉．巴特雷米（本名法蘭西娜．卡諾瓦），據說是個二十四歲已有小孩的攝影師，小孩是她與前夫所生的三歲女兒。這下子他與羅美雪妮黛的世紀之戀，就此宣告無疾而終。

……以上是我刻意以電影界專欄文章的文體寫成，平時的我才不會寫這麼可笑的文章。不過以亞蘭德倫的情況，他的一舉手一投足都很適合用這樣的文體報導，那種外觀本位的文體，等於是世界級大明星御用的國王宮廷日誌文體。

亞蘭德倫的影迷到此為止應該很滿意，只要想像「世界第一美男子」的結婚就好，但以下我要寫的，可以視為反骨分子的胡言亂語，不要看較為明智。

首先，亞蘭德倫很自戀。不管是誰應該都會對他有這種印象，但我最佩服的，是他即便被批評為自戀狂，也毫不滑稽。換言之，全世界都客觀地承認他的美貌，由此可見，他的美貌已到了人們甚至覺得如果他討厭自己的臉蛋那才不自然的地步。世間雖有很多自戀狂，但是被人傳言「那個人很自戀」卻不被嘲笑的人並不多。換言之，若非他擁有任何自戀狂都望塵莫及的美貌，自戀狂在第三者看來會很滑稽。

男人的自戀威力驚人，這點眾所皆知，對工作或頭腦、技巧的自戀，或許會被高度肯定，但是對長相方面的眞正自戀狂，通常就算能得到女人的諒解，男人也無法理解。不說別的，首先男人就會看他不順眼，甚至有「美貌的男人不會出人頭地」的說法。

但這種純粹的肉體自戀狂，本來就是男性特質。自戀這個名詞的起源，本身就是來自愛上自己的水中倒影因此溺斃的希臘美少年納西瑟斯。

美是很麻煩的東西，與性魅力有扯不清的關係，因此男女之間何者較美這個議論含有矛盾。端視裁判是男是女，因此誰也無法做最後判斷。但在動物或鳥類通常是男的比較美麗，唯有人類是女性被視爲「美麗的性別」，只能說這是長年文化累積的成果。

撇開那種議論不談，女性的自戀沒有充分的自我意識，女性即便再有知性仍舊比男性擁有更多無意識的部分，因此在必須有百分之百自我意識的「純粹自戀」方面，或許可以說女人不如男人。

男自戀狂與女人不同，男人不化妝，可以正確看清自己，若還很美的話，再沒有比這完美的。對這樣的男人而言，眞正的好友是鏡子，而愛自己的人，等於會說話的鏡子。鏡子的缺點，就是不會說讚美之詞。

對亞蘭德倫而言，孤獨是完全純粹的，在這個世界，除了自己以外的人在本質上都不重要。一切都只要自己一個人便已足夠，自己的美麗已讓世界充足，再沒有其他事物插足的餘地。

影評家秦早穗子小姐在〈我所見到的亞蘭德倫〉這篇文章中，如此寫道：

「每次見到他，最驚訝的，就是他那彷彿塗了口紅的朱唇（當然他的眼眸是極品）。……演員想必多多少少都有點自戀，但他的自戀特別道地。才見他突然微笑，緊接著就面露落寞。這種臉部的體操變化，與他的心理，肯定是各自爲政。正因爲其中沒有精神動態，所以才堪稱美麗。」

這篇文章抓住他自我意識的本質，精彩地描寫出，他的自我意識已超乎精神自動運作，形成美的運動。

我們這種長相普通的男人，似乎跟不上這種心理，但是如果有他那種美貌，多少可以理解男人的確有能力把自戀執行到如此徹底的地步。那種心理並非與男性無緣，哪怕是被無聊女子奉承兩句，也會忍不住想照鏡子，這種心理人人都有，只不過沒有亞蘭德倫那樣的自信而已。

第二，亞蘭德倫有過種種同性戀的傳聞。這是他太美、太受喜愛的當然結果，其中含有我們對阿波羅那樣兼具男性美與女性美的理想化身所投射的夢想。亞蘭德倫不見得偏愛同性（我無法想像他會愛自己以外的任何人），但演員這種show up（拋頭露面）的職業，在本質上本就藏有自戀與男色，此說絕不爲過。

對此，沙特有尖銳的見解。

「所有的演員都是『男色前期』。即便在現實中沒和男人睡過，只愛女人，依然如此。」

根據他這個定義，演員這種存在本身，就是「對他存有（Being-for-others）」，身爲男人同時還能成爲對他存有的人，本質上都可稱爲男色，一般演員想必會很憤慨，但自戀到了極致只能是那樣。對自戀狂而言，比起女人痴迷的目光，男人對自己尖銳批評、同時又喜愛的目光，更值得信賴，若要確認自己的美，結論是男人比女人更方便。因爲，在亞蘭德倫面前出現的女人，恐怕沒發現世界的美都被他獨占了（根本不可能還有剩下的美可以分給別人），她只想讓亞蘭德倫也認可她的美。但是亞蘭德倫純屬被人認可美貌的那方，不是去認可別人美貌的人，那種事對他而言一定既麻煩又討厭。

到此地步，他的喜訊又出現一種特別的意義。

這讓我們發現，他的結婚對象，不能是美麗的德國女孩羅美雪妮黛，一定得是性經驗豐富、已是一女之母的成熟女性才行。

## 親鸞

在這一回之前，我們始終沒機會碰上「宗教性的男人」。原因之一，是少有機會遇見宗教性男子。但是看基督教的牧師服裝也知道，宗教家已超越男性，多半是「沒有性別氣息」的類型。

但是，宗教家就某種意味而言，其實是最有男人味的男人。因爲多餘的男人特質被緊緊壓抑，溢滿體內。覺得和尚剃成青皮的光頭有性魅力的女人，可以視爲對這種被壓抑的男性熾烈氣息特別敏感，是性愛方面的資深行家。

眾所周知，親鸞是鎌倉時代初期的名僧，生於一一七三年，歿於一二六二年。是淨土眞宗的開山始祖，反對僧侶肉食娶妻的禁忌，親身執行在家[1]往生，結婚成家，因此出名。在這點，他算是佛教對「性」態度方面的革命派人物。不過看他在新潟縣西照寺被列入重要文化遺產的坐像，長相雖然柔和，扁平的小鼻子與豐厚的下唇，卻給人一種難以言喻的精力旺盛的官能感，看起來很生動鮮活。

但若因此以爲親鸞是個風流享樂的人物就大錯特錯，他比旁人加倍禁欲，就連結婚，說穿了也只是貫徹僧侶之道。他爲是否該娶妻苦惱良久，最後下了叡山，窩在六角堂虔誠祈禱了一百天。

其實，當時大部分的上人都結婚了，卻若無其事地把嘴一抹不認帳，在寺裡照樣耀武揚威。這種表裡不一的生活以及僞善與欺騙，等於被親鸞打破，因此不得不說他是個極有男子氣概的人物。

我很想把這個故事，告訴某些明明有妻子卻出席什麼「獨身明星座談會」，大談「沒有遇到理想的女孩子之前絕不結婚」故作清純的電影明星。

不過，親鸞的問題，在於傳記含糊不清，研究家赤松俊秀氏也說，親鸞似乎結過二次婚，但那並非定論。他與惠信尼師至少曾在元久二年（一二〇五）於京都結婚，應是最自然合理的解釋。親鸞當時三十二歲。

---

1 出家的相對語，指的是有家庭、過著世俗生活，同時皈依佛道的人。

壓抑再壓抑，思考再思考後的這樁婚姻（以下皆屬我個人想像），可以想見必然很熱情。閉關百日後決定的婚姻，就像是經過百日加強集訓後歸來的運動選手。宗教家越具有強大的宗教信念，肯定越了解禁欲帶來的快樂有多麼激烈。現在的單身青年欠缺斯多葛學派的克制精神，另一方面，也等於欠缺激烈如瀑布般那種強烈快樂之感。

親鸞的這樁婚事，被不明事理的人視爲犯了淫戒，後來甚至成了他被判流放的原因之一，但妻子惠信尼師至死都很尊敬且信任良人深奧的信仰生活，據說是位很有內涵的女性；而親鸞，也認爲妻子或許是觀音菩薩的化身。

這樣美好的夫妻生活，因信仰而強化。至於一般沒有信仰的夫妻，在妻子看來，良人一天比一天蠢；在良人看來，妻子自結婚隔天起就一路朝暴躁老太婆的道路前進。只有感冒需要妻子照顧時，才會把妻子當成「觀音菩薩的化身」，而且，

「這點藥你應該可以自己吃下去吧。」

這樣的對待，簡直是地獄惡鬼的化身。倒是信仰或許可以阻止彼此過度親暱，反而對彼此的愛情產生薄紗的作用。如果沒有薄紗半遮半掩，婚姻生活往往

到最後只看到彼此的缺點。

——如此觀察親鸞身爲男性的一面，思及身爲宗教家的男人是什麼，我漸漸發現宗教上的工作底層所必須的男性精力有多麼驚人。

宗教家有思想家（哲學者）的一面、信仰者的一面，以及指導者、組織者的一面，三種面向都是必要的，因此非得是男人不可，耶穌與釋迦牟尼佛，也都是男人。

女人在宗教生活扮演的角色，主要是靈媒的角色。宗教運動家可以說完全沒有女的，聖女貞德也是靈媒。但女人驚人的通靈能力中，的確有讓人感動的力量，男人似乎缺乏這樣的能力。但，這種通靈的現象，如果放任不管，會變得裝神弄鬼，不知不覺墮落得無影無蹤。要往持續的力量發展，就必須有男性組織者。

論及肉體承受宗教的力量，的確是女性更優越，但若光靠那個，無法組織一個宗教。宗教在勃然大怒的歇斯底里能力之外，同時也需要脫離自我沉入冥想、連最底層都大徹大悟的能力。水與火必須同時兼具。

但讀者或許也已發現，男人在性方面的角色，和上述的要求是一樣的。在身爲熱情求愛者的同時，也必須是溫柔冷靜的領導者，這就是男人在床上的角色。既要熱烈的眞情如火，同時偶爾也得說點溫柔的謊話。

男性宗教家或藝術家，比起其他工作，特別要求這種類似男人在性方面的角色。而且，與可以隨意使喚大批人手的事業不同的是，到頭來一切都是從自己一個人的心靈、頭腦，以及肉體出發。就這點而言，男性宗教家及藝術家爲了因應大量精力的消耗要求，也不得不支出一部分「性」精力。

宗教家的現實生活中之所以「性」貧弱，或許不是爲了禁欲，而是基於上述原因。要讓十萬名女信徒對極樂往生心生嚮往所需的男性精力，比起誘惑三、四個女人上床所需的男性精力，實有天壤之別，這是很簡單的數學問題。

# 三島由紀夫

應編輯部之請，論述三島由紀夫這個小說家，但我對他知之不多。以下都是編輯部收集來的資料，過去我所知道的，是他以前寫過〈美德的徘徊〉這篇小說，令「踉蹌」這個奇怪的字眼風行一時，最近，他在隱私權官司的一審敗訴[1]，成了天下的笑柄，如此而已。他主張「男性的特徵是知性與肌肉」，自己有知性也有肌肉（不過他的肌肉來自健身，純屬後天鍛鍊出來的），他似乎自以爲是男性代表，但他自傲的文學知性與人工培養出來的肌肉，也無法替他打贏這場大官司，所以的確是笑話。

還有，此人對於時尚具有獨特的見識，活到三十九歲，還穿著牛仔褲與皮夾

1 三島由紀夫是日本第一起侵害隱私權官司的被告。一九六一年，有田八郎聲稱三島的小說《宴後》侵犯他的隱私，對三島及出版該書的新潮社提起告訴。

克，搭電車去健身房，女性對這種自鳴得意的時尚是否感到魅力，頗值得懷疑。大抵上，女人不管老少都喜歡深色西裝配典雅領帶這種男性時尚，就算穿破牛仔褲裝年輕，恐怕也無人問津。而且十幾二十歲的男孩子穿起來或許還算可愛，一把年紀的歐吉桑還這樣打扮，恐怕只會讓觀者感到可悲。

而且，這種喜好，其實是受到永井荷風影響的某種貴族趣味，所以更虛僞可疑。照他的說法，若是眞正的「精神貴族」（這是他最討厭的太宰治愛用的字眼），必然很適合穿牛仔褲。因爲，穿著深色西裝試圖讓自己看起來高雅，等於承認自己其實很低級，穿皮夾克與牛仔褲若能有氣質，那才是眞正的氣質，而且不只是精神上的氣質，若還要有肉體的氣質，就必須去健身。這就是他的論調。據說他一直聲稱男性眞正的理想，就是「擁有詩人的臉孔與鬥牛士的肉體」，我看他的照片後得到的印象，頂多是「代書的臉孔與臨時工的肉體」，恐怕離理想甚遠。

首先，他想讓誰理解那種紳士主義，實在令人費解。要讓女性理解這種複雜的紳士主義恐怕無望，到頭來只能視爲他的獨善其身。對於如此反駁的人，據說他引用了波特萊爾的話來回答：

「惡俗趣味令人難忘的魅力，就在於與他人作對的貴族式痛快。」

的確，就這點而言，不得不說他得到某種程度的成功。

引用十九世紀的波特萊爾，可見他內在其實是個老古板。與醉心於亨利．米勒[2]或諾曼．梅勒[3]的年輕作家不同，他走的是古老路線。但他比常人加倍熱愛新事物，爲了奧運比賽，不惜丟下重要工作，一手拿著望遠鏡，天天從這個賽場趕往另一個賽場。聽說有新飯店開業，第一天就會趕去；得知高速公路深夜十二點開通，他在十一點五十五分就已坐在羽田口的車中。類似這樣，每天過著喘不過氣的輕浮生活，他討厭噴射機討厭得要命，足以證明他有多麼落伍，非搭機不可時，據說他在飛機起飛的同時，手心已滿是汗水並渾身發抖。

他張嘴大笑的傻樣很有名，這下子微妙的戀愛氛圍也全都搞砸了。

他在自己的家中，到處裝飾著以貧乏的預算買來的破爛西洋古董，配上三流建築雜誌會出現的那種綠白格子磁磚地板，簡直像是理髮店直接轉行做起古董

2 亨利．米勒（Henry Miller, 1891-1980），二十世紀重要的美國作家，被喻爲自由與性解放的先驅。

3 諾曼．梅勒（Norman Mailer, 1923-2007），美國作家，作品多剖析美國社會及政治病態問題，風格以描述暴力及情欲著稱。

店。

實際檢討編輯部收集的資料後，他究竟是有敏銳的美感，還是對和諧異常無感的粗人，越發令人搞不清楚了。他喜歡和諧，也喜歡強烈的對比，若是二選一也就算了，偏偏他貪心地想要二者兼得，所以才會連自己都搞不清楚吧？

隨著年紀增長，他討厭人的毛病似乎越來越嚴重，同時，怕寂寞的一面也更強烈。這陣子，甚至被批評說他其實是很難搞的人。可憐這個少爺出身的小說家，也漸漸在浮世的底層覺醒，一旦覺醒後，頗有這個也討厭那個也不要的傾向。不過這種人物的悲觀主義哲學，本就沒必要認眞傾聽，所以只要隨便應聲附和就行了。

想看他眞正幸福表情的人（如果眞有這種無聊人士的話），不妨一窺他去健身或練習劍道，做完運動沖個澡，灌下第一杯啤酒的時候。這時的他，著實是好人。但是千萬別找他講話。在這種心情下，如果打破氣氛，跟他談什麼文學話題，難保會被他以冷漠傲慢的態度對待。

既然這麼喜歡運動討厭文學，何不乾脆放棄文學去當運動家？說這種話的人是很不體貼的人。因爲他根本沒有運動家的才能，更何況也太遲了。至於他應該很討厭的文學，他倒是每晚死啃，將近二十年來都在熬夜苦讀，哪怕一再遭遇悲慘下場，仍然死不悔改地繼續寫小說，小說越寫越艱深，於是勃然大怒，拼命吃牛排。

這個男人，仔細想想，在這一系列男性人物講座中，好像是最無聊的人物，但他同樣也是一介男子。或許將來有一天，他會完成什麼大事業。讀者諸君何不一同耐心守候？

# 反貞女大學

作　　者　三島由紀夫
譯　　者　劉子倩
主　　編　林玟萱

總 編 輯　李映慧
執 行 長　陳旭華（steve@bookrep.com.tw）

社　　長　郭重興
發行人兼出版總監　曾大福
出　　版　大牌出版 / 遠足文化事業股份有限公司
發　　行　遠足文化事業股份有限公司
地　　址　23141 新北市新店區民權路 108-2 號 9 樓
電　　話　+886- 2- 2218-1417
傳　　真　+886- 2- 8667-1851

印務經理　黃禮賢
封面設計　許晉維
印　　製　成陽印刷股份有限公司
法律顧問　華洋法律事務所　蘇文生律師

定　　價　380 元
初　　版　2014 年 2 月
三　　版　2021 年 3 月



國家圖書館出版品預行編目資料

反貞女大學 / 三島由紀夫 著 ; 劉子倩 譯 . -- 三版 . -- 新北市 : 大牌出版 ; 遠足文化事業股份有限公司 , 2021.03
面；　公分

ISBN 978-986-5511-59-3 ( 平裝 )

861.67　　110001573